多纳尔·瑞安

来自静谧的浅海

龚诗琦 译

上海文艺出版社

献给我的第一位朋友,亲爱的妹妹玛丽

法鲁克

我们来谈谈树。它们互诉衷肠。想想它们会说些什么吧。一棵树对另一棵树有什么非说不可的话？千言万语，道之不尽。我赌它们能聊到天荒地老。有些树能存活几个世纪，因此周遭发生的事件，它们一定耳濡目染。通过根须延长线上由真菌在土地里开拓的管道，它们的对话得以实现，信息通过逐个细胞传送，只有动弹不得的生灵才有这份等待的耐心。这就如同我给你讲故事时，每天只吐露一个词。早餐桌上，我透露这故事里的一个词，然后与你吻别，我出门上班，你去学校上课。每一天，你只能获取故事里的那一个单词，无论你怎么哀求，第二天以前，我绝不再透露半分。我会说，你要有树的耐心。你能想象树的耐心是怎么回事吗？如果一棵树饥肠辘辘，它的邻居会给它输送食物。没人真的知道这是怎么发生的，但事实就是如此。养料经由真菌制造的管道，从健康树木的根系送往它饥饿的邻居，即使对方是不同种类的树也一样。树也是活物，且活得很久，同时还拥有知觉，这与你我并无不同。它们知道世间唯一需要遵守的真正法则。哪个法则？你知道的。我告诉过你很多次。善待一切。现在，快睡吧，亲爱的，明天将会很漫长。

他在楼梯的短平台上驻足，透过门缝看她在被衾下辗转，寻找最舒服的躺姿。有枪声从东边的城外，而不是遥远的前线传来，他好奇放枪是为了庆祝，还是出于激愤，抑或是对烈士的致意。他不知道女儿是否相信他的谎言：枪声其实是一台巨型机器发出的噪音，用于驱赶啄食庄稼的小鸟。他告诉她，这是为了小鸟好：如果放任其暴饮暴食，它们会撑坏自己。他听到她对自己，也可能是对床沿一字排开的泰迪熊、布娃娃们轻声发问：爸爸说的话，是真的吗？树木之间能够说话？肯定是真的，否则他不会说给我听。我不知道要不要告诉好朋友们。可能我会让它成为我与你们共享的秘密。只有我们自己来思考这个问题,甚至可能做这样的梦。行了,晚安吧,小宝宝们。她依次轻唤它们的名字,而后在昏暗的环境里躺下。万籁俱寂,唯余蝉鸣,她的鼻息,以及远方另一串爆炸声,仿佛脚下枯叶被踩得粉碎。记忆再次刺痛了他,这一次如此凌厉,他差点出声地叹了口气。他想到自己曾希望她生来是个男孩,并向上帝祈愿。透过平台上方的天窗可以看见月亮,其苍白的光晕给星辰蒙上一层雾气。他突然对它心生厌恶,因为这个环绕地球旋转、被潮汐锁定只以一面示人的死物根本没有知觉。

玛莎坐在餐桌边,两只前臂在沉重的木质桌面上伸展开来,侧头探入面前马克杯上方蒸腾起的雾气,双目紧闭。他想起几周前,她也坐在同样的位置,兴致高昂地对那个危险的陌生人说话。对他微笑,为他的话开怀大笑,一种精心算计过的笑,目的是取悦他,一再强调她对他的好感,她相信他说的话,相信他为自己的所作所为给出的理由。那时法鲁克与这个男人的同伴,一个瘦得跟棍子似的年轻人在一起抽烟,透过花园的窗户观察二人的互动。年轻人大概二十挂零,参差胡须下的皮肤斑斑驳驳，布满粉刺、痤疮的留痕，那是男人迈入成年门槛的荣誉伤疤。她希望跟负责人谈一谈，了解其人，看他够不够硬，换句话说，言谈举止是否沉稳。他明白，她尽了最大努力去消除自己的恐惧，因此她不会选择留下静观事态发展，看这两股相斥的必然性奇异地交汇，引发一场微不足道的决战。这个瘦削的年轻人沉默寡言地坐在花园里，时不时透过窗户去看老板和与其对话的漂亮女人，当视线回到这女人的丈夫身上时，年轻人咧开嘴笑了，扬眉喷出一口细细的烟灰，袅袅上升，然后赞同或安慰似的笑着点点头，抑或只是出于无事可做，或是缓和横亘在两人之间不自然的沉默所带来的尴尬；到底是哪种，他说不准。

那一刻，他痛恨他的妻子，却道不出所以然。大概是因为她太能干，可以跟一个捉摸不透的人，一个他知道其言语不可采信的男人对话。坐在自家屋外橄榄树下的长凳上，对一个白痴反复点头，吸着仅仅因为别人递来他就接受的劣质雪茄，勉强表现出一副冷漠、无动于衷的样子，这一切都让他倍感羞耻。他对自己都拿不定把握：他甚至无法在行走时不去考虑步态，考虑每一步是否踏实，姿态是否够爷们，握手是否够力度，但又不能太过用力,以免经由手指和手掌让陌生人感觉受到挑衅。每次打完招呼,他都谨记先移开视线,然后低头盯着两人之间的地面,这个细微的举动让他感到自信心大打折扣,自我意识可怕地缩至一团。

他想让她立在自己面前,低眉顺眼,垂头铩羽,为达成原本由他牵线搭桥的交易,为从炉灶上方物架上取来装钱的信封,一小沓一小沓清点出钞票摆到桌面上,为与此同时他却跟一个带着狡黠斜视,挤眉弄眼、活力四射的青年坐在一起吸烟,而向他祈求原谅。她有些得寸进尺:她的本意是告诉他,她担心船的事,想问他船的类型、尺寸、产地以及船员的经验。他们同意只要他不在场她就可以自由讯问。如果他出席,他就有义务斥责她的口若悬河、言谈傲慢——他们对这类人的敏感程度毫无意识,不知道他们的行事方式。于是在门道握手时,他就跟管事的那个说,我妻子害怕横渡大洋,她从未乘船远航,不过她研究过这些事。或许,你能告知她这门手艺的技术细节,我们航程的路线,船组成员的专业水平,以便让我们在旅程的第一阶段放松心情,平安顺利抵达港口,你知道,就是这么一回事。他说着感觉嘴巴发干,那个四肢粗壮的男人轻声笑了笑,眼中有光点跃动,只听见他说,当然了,我的朋友,我知道是怎么回事。

就在他尽量放轻手脚,缓步沿着洒满月光的阶梯下楼,朝妻子走去时,他想起这件事,觉得透不过气来。妻子的衣衫在浮动的清风中微微鼓起,贴着她的肌肤上下起伏。他顿时觉得千针万针扎着他的眉毛,这股刺痛沿着脖子、后背、前胸蔓延,一路侵入四肢百骸,抵达手脚末端,他的血流奔涌起来,心跳跟着越攥越紧的拳头加速。

他下到楼梯最后一级时,妻子翻了个身,扭过头将下巴搁在肩膀上。她的面庞偏向他,但目光定神在远处的某个地方。他发现自己不自觉地审视着她的脸蛋和双眼,寻找眼泪流过或即将决堤的迹象。他突然意识到,自己一直期望见到她哭泣的证据,她那股异常力量——她似乎对他们行为的正当性具有不可动摇的信心——消退的证据。

战争缓缓地一步步逼近，它并非在门前突然爆发，而是在他们周围逐渐蓄积。警队已经成为自卫队，镇上挤满了枪不离手的陌生人。一天傍晚，一个遭到鞭打的女人从卡车后厢被扔到医院外面。她血流如注，衣服被用来包裹背后的伤口，脖子上挂了个标牌，上面写着通奸。她年纪不超过二十岁。其中一个护士似乎认识她，因为当这个意识模糊的女人被放上床单往医院里抬的时候，护士放声大哭，并试图以奇怪的角度将耷拉在还称得上是轮床的床单外的那只手臂扳直。手臂大概是她从卡车高高的平板上摔落时折断的。护士嘴里不断疾呼，哦，表妹！哦，表妹！你怎么啦？将受鞭刑女子抛落的那帮男子中的一人从卡车后部平板上爬下来，径直走向医院入口，冲着那里围观的人群讲话。他以异域腔调说着阿拉伯话，语速迟缓，奉承之意溢于言表。女子之所以能活命是因为她的家族缴纳了罚金。她再也不能让男人触碰，如果这里没有女医生，可以从另一间房里通过敞开的门道去指导护士救治。从今天开始，我们需要两所医院，一所治疗男性，一所治疗女性。女性医院将会设在学校里。男孩将在别处学习，女孩只能待在家中。这个男人的脸上红一块白一块，面颊浮肿，圆眼镜片后是一对圆滚滚的绿豆小眼。他身着作战服，一把来复枪挎在肩上，腰间的刀鞘里插着形似半月形刀[1]的长弯刀。法鲁克猜他是个德国人。他无法将眼睛从这人身上挪开，这是一个脸上斑斑驳驳，富于异域风情的典型人物，一个道德感爆棚的皈依者，为他来到新的人生站点而兴奋，为他能活在梦的国度而激情澎湃。这个肥胖的德国人转身离去，他的两名战友分别抓住他的一只手臂，将他重新拉回卡车的后厢平台，扬尘而去。

---

[1] 半月形刀（scimitar）特指起源于中东一带的一种短弯刀。

她流失了近三分之一的血量，但血库中库存不足。一位资深医生建议先将伤口清理，缝合，涂上抗生素药膏，然后补充水分和营养，帮助血液再造。她的输血需求并非刻不容缓。医院唯一的女医生接近七十岁高龄，也没有处理这类伤口的经验。这是一个繁荣、紧凑的镇子，痛风是个棘手问题，某些癌症较为常见，大多数人殁于寿终正寝。那晚她告诉法鲁克，我们必须遵照他们说的做。现在开始，我们将在校舍里设立医院，我们将向上帝祈祷，望他保护我们远离浩劫的中心。如果我们伤亡惨重，希望就会断送。受鞭刑的女人轻声呻吟，她的那位亲眷护士拿一块湿毛巾擦拭她的额头，然后是嘴唇，并"嘘"声安慰她，说道，睡吧，表妹，别说话，别再给我们添麻烦。你的伤口就快好了。

于是医院将病患和职工分为两队，法鲁克与其他医生则要等风头过去。只要条件允许，他就驾车送多余的补给品给校舍。女性医院四壁萧条，只有一排由课桌拆劈的木材打造的低矮简易病床。他每次来访，女医生和她手下两名惊恐却抗命不屈的护士都会交予他一张表单，列有她们需要的药品和设备。每次他只能回一句，我想想办法。也许你可以求助红十字会。不过战斗还没有蔓延至他们的小镇，只是偶尔有南边的突然袭击波及此处。这里是反叛军发动攻击的大本营，也是战斗后重新集结的根据地，男性医院必须救治负伤的反叛军。就是在如此战局下的某天夜晚，在他走向自己的汽车时，发现有人靠在车身上，这个黑色眼眸、身材魁梧的陌生人对他说：我能送你、你老婆和你女儿去欧洲。

这座小镇里的陌生人对你有以下共识：你老婆不遮盖自己的身体，她母亲是北边的基督徒，你父亲算是某种叛教者，你自己也不够虔诚，你的家庭是不洁的，你的女儿有西化倾向。他开始抗议，但那人打断他，并说道，我不在乎这些，我的朋友，我不信神。就算神真的存在，他对我，我对他，都没什么可说的。如果我有机会面对他，我会耸耸肩说，我做了就做了，你做你该做的。我的生意是将人们从危险之地送往安全之乡。我信仰生命，信仰赚钱，只有这样我才能继续我的工作。我是个诚实的人。如果你留在这里，你的女儿会被征为某个所谓勇士的新娘，惨遭强暴。你老婆也会被强奸。你会被利用，直到榨干一切价值后被杀害。法鲁克知道，这个男人经营的是一门关于恐惧的生意，他戴上拯救者的面具，攫取人们的金钱。不过他了解掩埋在男人夸张叙述里的真相。

现在想起来,他觉得自己太傻了,居然去审视讲话的这个陌生人的面庞和眼睛,居然企图听出言外之意,听出其嘴里的真相。还记得,当这个刀口舔血的贩子改变策略,从恐吓转为奉承,问他作为一名医生、一名高知男性,一个备受尊敬的人,是怎样的感觉时,他所萌生的幼稚的喜悦。还记得,当这个非法商贩宣称如果自己有一个儿子,而儿子能成长为跟他一样的男人,一个娶了貌美娇妻的医生,他将觉得不枉此生,死而无憾时,会有多么受感动。他记起自己陶醉在这个魁梧的陌生人,这个壮实的商人的溢美之词中,被他的甜言蜜语,被他所谓这个世界不知何故对他的需要胜过其他任何男人,而他的妻女比其他人更有权利被拯救的暗示所哄骗和诱导。

他的父亲对基督的母亲玛利亚有着超越理性的虔诚。他跟基督徒一起,在一座以她命名的教堂里向她致敬。教堂建在他们小镇西面的山腰上。他轻言细语地谈论她,语气里满是敬意、温柔和固执的爱。他说,她是母性的化身,是女性的显形,是女人优良品质的代表。对我们来说,这里不存在任何冲突,她在我们的经文里同样神圣。他有时认为一提到童贞圣母,父亲就变得有些病态,他的虔诚是侵害其灵魂的某种严重痼疾的症状。但直到父亲油尽灯枯之时,他才明白,童贞圣母之于父亲,是他对自己母亲的爱,也是他妻子的幽灵,是他人生经历中最纯洁的部分。他变得和基督徒友邻们一样狂热,在那座小教堂里与爱的记忆窃窃私语。在他古怪的虔诚行为中,在他满怀好奇的天真的偶像崇拜中,他并不孤单。众多善男信女会去参拜圣母玛利亚的神龛,他们的这种行为里看不见有丝毫僭越、冒犯或是亵渎神明的意味。他父亲的许多基督徒好友和病人带来她的塑像作为赠礼,在他书房的书架上摆成一排。他花很多时间对着这些塑像冥思苦想,寻找它们的相似与不同,思考童贞圣母层出不穷的形象与色调,特别是她的眼睛,似乎总是看向上方,还有她的手,似乎总是紧握着祈祷,还有她被地上的石头刺穿的可怜的脚踝,以及十字架脚下她的孩子。

他父亲有一次告诉他,你无法看穿人心。那次他俩坐在山腰上那座石头垒成的小教堂里,俯瞰他祖母的村庄,那是法鲁克第一次也是唯一一次走进基督教堂。身着黑罩袍的牧师领着一圈男女在敬拜,他们依次轮流面对十字架的每个直立位。在他俩走进教堂时,牧师抬手表示欢迎。集会人群低声诵唱的圣歌,呛人的焚香,耶稣受难的雕像,三者交融于一室,将他们编织在一个白日梦境里,他对他们的出现会否冒犯上帝的恐惧烟消云散，他安心坐在木质的靠背长椅上，聆听父亲耳语般的忠告。他父亲说道，如果你以恰当的方式细致入微地观察一个人，最终会看清他心灵的色彩。除了小婴孩，没有谁的心灵纯白无瑕。但世上有些没有慈悲心的人，能毫不犹豫地施行罪恶；另外有些人，勿宁死去，也不愿伤害他人；而剩下的所有人就散落在这两极之间。要警惕坚定的信仰中规定与禁止的内容，其中的一切都是危险的，即使像这么可爱的东西，也会转变为疯狂。他继续谈到宇宙，谈到人类与万物的万宗归一，谈到人类就是自然观照自身的方式，谈到存在的体验。他一再说要去聆听，去观察，去尽最大努力闻听言外之意，洞察别人眼中那细微的光的特质。

是那个被钉上十字架的男孩结束了这场争论。法鲁克一直抗争到这一刻,最后终于说,我们看看下个月的事态发展吧,看这一切能否结束。没人敢碰我们,战争依然离得很远,前线甚至在后撤,而不是移近。然后就是那个钉上十字架的男孩。他裸露的脚上一摊鲜血呈乌紫色,血花涨大,似藤蔓上胀满的浆果,随时都会爆开,塑料捆绳缠在脚踝之上,勒至绳索所能承受的极限;他的双手出奇的白。或许,他心想,因为双手被抬高到男孩的肩线以上,那里的血液已经抽干了。他到现场的时候,男孩已经死了一个小时,甚至更久。那天市集上的扬尘已经沉降，围观群众只有稀疏一层，大多木然站着不动，走路的人每一步都蹑手蹑脚。没人高声讲话，或是长时间盯着十字架上的那具肉体。那个罩着头的男孩似乎是一个间谍，讲过不合时宜的话，或者用手机发送过消息，或者给谁发送过电子邮件，或者干了某件违法的事。他甚至不确定那是一个男孩，只不过他破损的膝盖，低腰系带的短裤，暗示他是一个小孩，或者刚刚度过童年期，也正处在几乎不可能遵守成人规则，以既定方式思考这个世界，抑制自己不合时宜的大笑或源自内在怒火与起伏情绪下的冲动行为的年纪。十字架脚下站着一个男人，来复枪躺在他肥胖的臂弯里，双脚埋入尘土。他的下半边面颊和头上各罩着一块黑巾，因此他的全部特征来自于眼睛。它们深不可测，暗淡无光，如死物般呆滞。

法鲁克的妻子在唤他。随后是一阵沉默。这是她经常会做的事，似乎是为了反复加强她对于他的在场，他的真实性的感受。他过去总是回应，怎么了？或者，什么事？不过随着相处久了，当感知到她处于一种特定情绪，即一种沉郁的心情中时，他学会了保持沉默。担忧的阶段已经过去，就像扔掉一件穿得太久的衣服：他们熟知计划的细枝末节，旅程的每一个阶段，集合点、路线、所乘的交通工具。现在他们之间只剩下一种冷峻的紧张感，一种生脆易碎的氛围，各自关注着对方的言语行止，试图听出言外之意。他给最亲密的挚友留下一封信，交代好一切。朋友是一位单身医生，与他识于微时，大学时期共处一室，在婚礼上朋友向他敬酒，面对他新生的女儿，面含微笑，眼中噙着泪水。他的房子可以留给医院使用，屋里的一切和他的汽车也可任意调用。事情发展到这一步他深感遗憾。他仔细权衡了自己互相冲突的职责，在信中他告诉友人，他一而再，再而三地权衡，他痛惜这些职责互相不起冲突，而是美好人生的组成部分，它们都将换来一个相同结局的日子不复存在，但现在世界就是如此，他别无选择，只能把自己的妻女带往安全地带。

前一晚，他妻子的娘家人挤满了他们的屋子。她的两个姐妹，一个大她一岁，一个小她一岁，抱着她不撒手，将吻铺满她的脸蛋。她们放声大哭，他生怕路人听到，会认为一所无人失踪的房子里传出这样的嚎哭十分可疑，进而推断他们预备逃亡。阿米拉问阿姨们为何而哭，她的祖母说，她们是出于喜悦，因为自己的姐妹和侄女即将踏上冒险之旅,她们感到喜不自胜。祖母将阿米拉抱上膝头,对她说,我下次再见你,亲爱的,你可能成了一个科学家,跟你母亲一样,或者像你父亲,当了医生,还可能做面包师傅,跟你祖父母一样。不论你成为什么人,都要快快乐乐,要记得你可是我的掌上明珠,我有多么疼爱你。听了祖母的话,阿米拉笑了,她像小婴孩般在祖母的腿上躺了一会儿。玛莎的父亲挨法鲁克站得很近,他们一言不发地看着女人们道别,直到老人轻声对他说,与上帝同行,我的孩子,祝你长命百岁。老人用剧烈抖动的手握住法鲁克的手。

法鲁克,妻子又在叫他。他体内突然升起一股冲动,想要狠狠地扇她一嘴巴,冲她尖叫,说这一切都是她干的好事,他后悔告诉她有关偷渡贩子的事和他的提议。法鲁克想象自己居高临下,质问她坚持单独与那个男人对话的那晚对他说了他妈的什么,对他作了何种承诺,又是什么致使她认为对他那样子微笑,与他调情,像风骚少女似的对他抿着嘴咯咯笑,都是无伤大雅的。与此同时,他却像个小男孩,像个忏悔者,坐在外面花园的长凳上往屋里偷望,一个满脸痤疮的傻瓜看守着。但这股怒火正如它倏忽而来,骤然间也平复如初,他对自己，对直到今时今日才察觉到的内在感受产生了好奇。他心想，大概身处重压之下，每个人都是如此吧：也许人的每一个可能的状态都可以被窥视一次，也许每个人真正的自我就像一个未被观察的粒子，在任意给定的时刻可以假设为任意可能的形态，然而一旦被选择，被需求，它将成为一个固定形态。他把手放上她的面颊，终于感到释然，因为她握住并亲吻他的手，将他的手贴在唇上片刻，并一遍遍倾诉对他的爱，告诉他，她只爱他一个，世上所有男人中，只有他可以使她快乐。他为此同情其他所有男人。

他回忆起伦敦来，那里低垂的天空，喧闹的街道，早晨雨水的气味，绿化带甘甜的泥土芬芳，还有钢筋水泥、柏油路面更加刺鼻的金属味道。他喜爱突降的雾气，喜欢看它从泰晤士河翻滚而来，流连在高楼广厦之间的模样，城市的景观因此变得朦朦胧胧，渺若烟云，若隐若现。他从自己的小窝走一英里多的路程去大学校医院，沿途对见到的路人微笑致意，有时候他们也笑着回应，问候一声早上好。他走到哪儿都带着一把伞，这似乎是理所应当的，虽说他很少撑开它。有时候他会去酒吧，观赏陌生的红男绿女之间上演的一幕幕短剧，他的一些学医的同学把闲暇时间都用于这种疯狂的两性追逐中,偶尔他也加入其中,却从不用力过猛。他现在很好奇,当那样的男人开始对自己的女儿甜言蜜语,对她讲些荒诞不经的故事,哄逗她,引她大笑,努力给她留下深刻的印象,陪她玩到精疲力竭,好让她同意与他们共枕入眠,他自己会是什么感受。他是一个入世的人,一个开明人士,几乎可称得上崇尚自由。不过他仍能听到脑中有一个声音对自己低语,声音温和,理性且审慎:某种程度上,你难道不羡慕那些武装分子吗?他们的笃定,他们的质朴规则,他们的明晰如镜,给予了自己方便。他不知道,留下来,蓄特定样式的胡子,成为唯一一个见识妻子肉体的男人,祈祷,将女儿隔绝在世界之外,直到她做妻子、做母亲的年纪,会很糟糕吗?

他家屋外的院子里,月亮、金合欢树、吉普车三点连成一线。东边有窸窸窣窣的声响,那是灌木丛中的小动物疾走而过。那人站在驾驶室一侧的车门边,面露微笑地说,我决定亲自驾车送你们,兄弟。我对你的一种别样的担忧在心中油然而生,我觉得你有重要的事要去完成。说起来,你预备好贿赂金了吗?很好,把它给我。从这里到航船之间,至少有两支巡逻队,今晚天公不作美:月光明亮得仿若一束探照灯。你被召唤回你父母位于北方的家中,因为你父亲病危。而我是你的堂兄弟。记住了吗?要确保你女儿和老婆已经梳洗打扮好,并正确地穿上罩袍,告诉她们,如果我们被拦下来,她们一定要保持不动,不要出声,彼此之间不要言语,对其他人也不要多嘴,除非她们先被问话。明白了吗?他说明白了。他的妻子和女儿罩在诡异的长袍里,飘然穿过院子,行至吉普车停泊处。那个男人搬起他们的行李箱,这时女儿又问他们这是去哪儿,为什么要穿这个。他的妻子回答,安静,亲爱的,快躺到我腿上来,好好睡一觉,现在仍是午夜呢。

他幻想过,这趟旅程将会悄无声息又剑拔弩张,包裹他们的黑夜禁锢而压抑,还好地面洒满银光,微微发亮,道上的灰尘混着露水。他早已忘却这片土地是多么美丽动人,当它被扫荡,踩躏,突然间改变了原有的质地与形状时,他感受到一种渴望,希望重拾与父母共度的童年时光,回到别人为他作决定或者自己可以轻易决断的年代。驾车的男人大部分时间里沉默寡言,但偶尔蹦出的几句话总将法鲁克吓一哆嗦。他称赞法鲁克的判断力,并说他希望其同僚和街坊们能步其后尘,远离家乡,前往国外。他从坐椅上稍稍转过身,向后方笑了笑,夸赞玛莎是专业人士,一名生物学家,他说出这个词时故意拖长音调加以强调。对生命进行研究,这本是我自己可能从事的职业,他说道,如果我有那种头脑的话!我的小机灵只够干这个,开开车,塞塞钱,租借上好的轮船漂洋渡海。

一小时后,前方出现了一辆卡车,侧身停靠在道路尽头。他们驶近后看到那辆车全副武装,上面有某个外国政府的徽记,柏油路上站着三个士兵,排成一列,首尾的两个将枪扛在肩上,笔直地瞄向吉普车的挡风玻璃,中间那个跨前一步,扬起手拦停了他们的车。他们的司机缓缓将车开进检查站,笑眯眯地摇下车窗,却被告知临时政府下令,现在这条路要收取通行费,费用要依据乘客数量、路程远近、出行的性质来计算。司机压低声音说了一两分钟,然后递给士兵一沓钞票。士兵对法鲁克点点头,伸长脖子去看后座。法鲁克马冒险扭头瞥了一眼,看到他的妻子一动不动,眼睑低垂,他的女儿将头枕在妻子的腿上。妻子戴着手套的手抚在女儿的小脸蛋上,另一只手故作羞涩地藏在暗处。

士兵中的负责人挥了挥手,卡车往前挪了几步,放他们继续上路。一路驶去,苍白的太阳挂在右手边,终于,他们看到波光粼粼的大海。车在一个破破烂烂的码头的迷你滑台上停下来。法鲁克、他的妻子和女儿望向空荡荡的大洋尽头世界边际的弧线，一只海鸥低头迎着微风，嘹亮地鸣叫着。我们稍等一下，司机说。法鲁克张嘴想说什么，却意识到无话可说，也无事可做，只能干等。他沉默了。码头左侧是一片参差不齐的沙滩，延伸向一块陆岬。海滩上站着几小簇人群，正望向大海和水面上旭日铺展出的光带。大部分人群身边围着一圈行李，仿佛将所有物安置到周遭可以起保护作用，它们宛若一圈圈注入灵魂的图腾柱，竖立于沙滩之上，抑或灵魂无法留在原来世界的东西。司机说，有些人已经滞留此地好几天了，听口气仿佛一切与他无关，他们不过是粗心大意的规划者、不够细心的同行的主顾。他啧啧咂舌，摇了摇头，然后查看手表的时间。那只孤鸥复又尖声鸣叫，只见一艘小艇绕过陆岬，它的驾驶员费力地将它摆入码头的停泊处，沙滩的几簇人群松了口气，搬起行李，朝小艇走去。

轮船在远海下锚,几乎超出在裸眼可见的范围。小艇吃水很深,但运行平稳,既不倾斜也不颠簸,随着温柔的海浪上下浮动。女儿将手轻轻放在他的手臂上,如果她感到害怕则会攥得很紧。妻子的手握在他前臂上,力度渐渐松弛,她将蒙着面的脸转向太阳,哼唱起来,与小艇柴油机的轰鸣交相呼应,减弱了刺耳的声音。随着他们乘风破浪,他看到他们的航路线搅乱了太阳长长的倒影。空气里的咸味掺入了一丝芬芳,艇上的其他人也都默不作声,但显得心满意足,男人们将脚跷到皮箱上,女人们羞涩地向彼此投以微笑。这几周,甚至几个月来，他首次感到平静，这种感受自计划逃亡的第一天缺席至今。小艇的驾驶员看着很年轻，但他威风凛凛地高居船头，以娴熟的手法操作小艇，带着漠然的态度查找地平线，调整船舵，适应翻滚的浪潮，因此他们才能如履平地。法鲁克突然意识到，其他乘客都衣着光鲜，看起来很体面。他判断偷渡贩子在说这趟旅程将会很愉快，他们乘坐的是顶级轮船，船员经验老到，皆为行家里手，他的同船旅客们里没有下等人，都是跟他一样的专业人士，带着贤惠的妻子，乖顺的儿女时，并没有信口胡诌。一种自豪感油然而生，他是有办法安排家人逃亡的那种男人，有财力带她们去西方，在那里给她们创造全新的、更好的、不再担惊受怕的人生。他看着妻子面部的轮廓勾勒出的线条，在位子上动了动，好让她看向自己。当她真的望向自己时，他知道自己是对的，她确实将自己看作颇有手腕的男人，一个强大的丈夫和父亲，一个救星，她明白他之所以允许她单独咨询偷渡贩子，只不过是为了舒缓她紧张的神经，为了迁就她。他深吸一口清爽的空气，笑逐颜开。

不会是这艘船吧，他听到有人在说。船头附近一阵骚动，法鲁克站起身察看。驾驶员从他的小驾驶室里弯下腰，以急促的语速回答说话人的问题。驾驶员的墨镜反射着阳光，因此法鲁克看不清他的神情，也判断不出他是否生气。不过站着说话的那人正拿手指戳向驾驶员的前胸，法鲁克看到，他右手拿着一个很小的双筒望远镜，他一定通过它看到了下锚的轮船。太阳照得法鲁克睁不开眼，他手搭凉棚，终于看到一艘船，那是一艘木质单桅船，在大海里显得渺小无依，与负责人的描述有天壤之别。他这才明白过来，为什么他们会由小艇从岸上接走：偷渡贩子们不准人们从陆地上审视轮船，因为那时候人们尚且可以选择转身，驾车沿公路重新回家。法鲁克低头去看玛莎，发现她已经摘下面罩，正在对他微笑。女儿问他们是否已经快到了，并说肚子难受，然后又问那艘大船会不会跟这艘一样颠簸，她能不能跟那边那个跟爸爸妈妈和兄弟们坐一块的小女孩讲讲话。法鲁克看到，驾驶员现在手里拿着一把小型来复枪，枪口朝下，枪带挂在脖子上。或许枪一直挂在他身上，只不过由于某种原因，法鲁克之前没注意到。那个发牢骚的男人已经安静下来，缓缓坐到位子上，视线一刻也没离开过来复枪闪亮的枪管。法鲁克发现映衬在太阳之上的一只黑亮的海鸟，一会儿盘旋着，一会儿上下翻飞，然后朝水面俯冲，投入海浪中，它的双翼油光锃亮，收拢起来紧贴躯干。他突然感觉喘不上气，好像刚才极速狂奔过，他坐下来说，当然了，小宝贝，当然可以。

对此他无能为力。他回想那个负责人说过的每一句话，急于脱口而出的每一个回答，放清点好的钞票的那个黑色束绳布袋和收紧绳索的力度，以及当交易谈妥后他的如释重负，展望冒险之旅时在心中沸腾的奇异兴奋感。他曾幻想站在崭新、闪亮的快艇船头，观赏它破浪前行，惊叹其平稳、轻盈，而玛莎就站在他身旁说，哦，这真是太美了，美极了，一想到这个，他的肠胃里突然泛起一种灼烧感。如今他们身处这片波澜起伏的大海之上，马上要与一只木头浴盆对接。小艇驾驶员正在让他们脱下救生衣，因为它们归小艇所有，上船后船组人员会发给他们更多救生衣，他抓住木头船一侧的把手，将小艇拉近，固定在其右舷，然后用一条古旧的绳子松松垮垮绑住小艇。驾驶员扶住一位女士的胳膊，她从小艇船沿登上紧紧固定在木头船夹板边缘的梯子底部，正对着丈夫大呼小叫，嚷着自己有多害怕，船有多颠簸，她有多想回家，并说这一切太糟了。她丈夫从背后粗鲁地推着她。法鲁克看到他挂在脖子的望远镜挂绳末端来回摇摆。

他帮妻女登上梯子，爬上甲板。玛莎站在那里，双手放在女儿的肩膀上。女儿好奇地盯着竖立在夹板中央的桅杆和从中伸出的裸露的帆桁，她冲在小艇上见到的那个小女孩微笑，并展示自己的布娃娃给小女孩看，后者正半遮半掩地藏在她妈妈的罩袍下摆里。法鲁克意识到女儿一点儿也不害怕，有爸爸妈妈陪在身边，一个备受宠爱、长在温室里的小孩不可能会想到自己处于危险之中，她对父母拥有绝对的、不言自明的信任，她对父母的爱亦是完美无瑕。他感激妻子的魄力，感激她克服了自身的恐慌：她对大海抱有极端的恐惧，曾读过往逃亡者的故事，他们支付了一笔巨款，却像罐头沙丁鱼似的被迫挤进充气小艇，结果小艇漏气，所有人葬身大海；她还相信他的判断——他们可以信赖交易人员将他们送达安全的地方，不敢把像他们这样的人引入危险的局面，这更像是一趟悠闲巡游，至于提供的证件和文件等，可以帮他们在中转去欧洲大陆前在某个小岛上作短暂停留，最终，他们会转到欧洲某个医生短缺的国家，不过今时今日难道不是所有国家的医务人员都人手不足吗？

终于，小艇上的乘客都下完了，一群彷徨无助的人站在木甲板上。之前的牢骚男开始视察这艘轮船，他走向船尾，晃动栏杆，然后俯身其上，法鲁克以为他会失足落水。这个男人屁股肥大，腹部隆起，重重地压在栏杆上，直到他终于将重心放回双脚。他取下挂在脖子上的望远镜，举到眼前，用于观察地平线。法鲁克想象不出此举是出于何种目的。随后，男子双膝跪地，似乎是要做祷告，却见他将耳朵贴近甲板，用指节叩击木地板，仿佛是在听回音，以及由回音中的音调、音色所揭示的这艘船的适航性之类的特质。然后他缓缓站起身，走向同乘的旅客，大家默默让道供他穿行，他的目的地是通往驾驶室的楼梯。楼梯口有链条阻拦，他抬起肥硕的腿跨了过去，小艇的驾驶员在船尾对他叫嚷，不要骚扰船长和船员。他们都睡了。驾驶员开始将堆叠在小艇中央的行李扔上木船的甲板。牢骚男靠在右舷上继续抗议，但驾驶员不予理睬，也不打乱干活的节奏，他弯腰提起一个箱子或袋子，朝旅客甩去，其中一个撞到栏杆的顶杠上，重新弹回水里，一股水花，之后很快沉没。有人像孩子般嚎哭起来，法鲁克发现那确实是个小孩，就是他女儿投以微笑的那个小女孩，她的母亲也在默默饮泣,并将孩子从栏杆边拉开,说道,没事,没事,亲爱的,弄丢的都会有新的来补充。

几乎所有行李都腾到木船的甲板上了,驾驶员伸手指着甲板中央的一个舱口,指示他们下到舱里坐下,继续等待。驾驶员将枪口抬高一些,手指轻弹着扳机护圈,开始说话:每个人都下到舱里,船员会给你们送水来。如果被人看见你在甲板,会很危险。船舱里漆黑一片,飘浮着柴油味和鱼腥味。这里没有坐椅,于是乘客们用苹果手机照明,这才看到已经有先来者。他们挤作一团,沉默地坐着,有些人怀里抱着熟睡的婴孩,有些年幼的孩子攀附在母亲身上。法鲁克看不清他们有多少人。很快头顶的舱口关上了,传来说话声,至少有一个人提高音量在说话,接着门开了又关,关了又开,然后是重重的摔门声,还有嗒嗒的脚步声,小艇的发动机高速运转起来,突突地开走了。等了漫长的一分钟,他们自己这艘船的发动机也开始运转,他猜一系列机械操作中的下一步将是启动底舱泵。一臂所及范围内有一扇门,他用苹果手机的电筒照了照,试图扭动门把手,但门上了锁,或是卡得很紧。他知道这是通往机舱的门,于是缓慢地吐纳气息,摸索着寻找玛莎的手,终于找到了。玛莎怕女儿听到,轻声对他说,法鲁克,我亲爱的,这总比坐以待毙强多了。

船颠簸了一下,然后开动。有人在呻吟,但船舱里的绝大多数人都沉默不语。如此过了几个小时,法鲁克想起读到过的一个关于哥白尼的故事,这位伟大的天体观测家提出,根本不可能从地球上一艘船的甲板上测量天体的运动,这个关于测量相对运动的观测结论与几个世纪后爱因斯坦用于解释时间与空间的构成所提出的结论别无二致,他不知道自己是怎样一个人,当自己如同囚徒、被俘的奴隶一样坐在一艘船里的船舱地板上,却冒出这些无济于事的想法,这些自己只掌握半瓢水的知识,而此刻他本应上到甲板,质问船长和船员,弄清楚为何这趟旅程的真实情况与偷渡贩子的承诺大相径庭,或者至少确保妻女有干净的饮用水。

有啜泣的声音传到他耳朵里,但他过了一会儿才意识到这声音来自他的女儿。妻子在对女儿轻声讲着什么,说是某个国王监禁了一个小女孩并想娶她为妻,但国王又老又丑,小女孩绝不会爱上他,因此他将女孩锁在一座塔楼的房间里,那里满是各式各样的珠宝、衣衫、乐器这些漂亮东西。每一天,国王会送演奏家、小丑和说书人来逗她开心，但她终日坐在窗边，喂食落在窗台上一只很小的鸟，并对小鸟低声密语。到了夜晚，国王会登塔拜访，但女孩从不对他说话。一天，国王命令他最好的弓箭手将小鸟射杀，他就在远处透过镜子欣赏纤细的箭矢刺穿小鸟的胸脯，而当时女孩正在对着窗台上的小鸟喃喃低语。他看着她坐在那里无声地哭了好几个小时，她的眼泪在鸟儿弱小的身子周围汇成了一个泪池。最终，国王后悔自己的所作所为，他试图命令天空所有的鸟儿都来探望女孩，都要停歇在她的窗台上，聆听她的窃窃私语。然而鸟儿们不听他的命令，当他冲天空、树木咆哮时，它们甚至会一哄而散。国王感到怒不可遏，愤怒席卷了他的全身，让他失去理智。他命令手下所有的弓箭手射杀国土内的每一只鸟。弓箭手听命行事，因为他们不敢违抗。射杀持续了许多年，耗尽了国王的金库，变卖了所有的城堡，因为他不得不从全世界招来弓箭手射鸟。在故事的结尾，国境的天空变得空荡荡，鸟儿的啾鸣从人们耳中消失，国王也年老体衰，住在寂静森林里的一个小破屋中。而小女孩早已从塔里逃脱，回到家中与家人团聚。国王早已忘记自己如此仇恨小鸟，非得射杀小鸟的原因，也忘记为何小鸟绝迹后自己的王国也随之倾覆。

  法鲁克想知道玛莎为什么要选一个这么悲伤的故事，为什么要把女儿弄哭。他注意到其他旅客都陷入沉默，纷纷看着他的妻子。船舱里唯一的光源来自头顶舱口边框的缝隙和手机的电筒，但他分明看到有些妇女和女孩热泪盈眶，有些男人露出若有所思的表情，有些则闷闷不乐。此时唯一的声音来自他的妻女，女儿攀在妈妈身上呜咽，他的妻子在说话，嘘，宝贝，这故事不是真的，是个寓言，想告诉你的道理是为了事情不能如愿而责怪他人是很差劲的表现。牢骚男站起身来。法鲁克预计他会斥责玛莎讲了这样一个故事，他自己预备好为妻子辩护，挫挫那男人的锐气，告诉他闭上嘴巴，把抱怨憋在心里，他应该为自己感到羞耻，居然把一位女士讲给自己小孩听的故事如此当真。然而牢骚男只是说，救生衣。我们交还救生衣给那个男孩，是因为他说有替代的。来吧，朋友们，我们得见见船长和船员，不能像白痴一样傻坐在黑暗中。

  他身后的另一个声音说，船上没有救生衣，没有船长，没有船员，除了我们，什么都没有。

法鲁克很享受叙述这个故事的过程。他每讲一次都有新的体会，赋予小女孩、塔楼、国王和他的射鸟行动新的含义。面试官总是在他讲到这一段时试图让他停下，并告诉他这是无关话题，申请里根本没必要也没空间添加这个细节。他会停下来严肃地凝视对方，直到他们在座位里不安地扭动起来，或者敦促他继续说。他会说，这是我故事中最关键的部分，这就**是**我的故事。然后他会大笑，有时又会恸哭，或者又哭又笑。大笑或恸哭都显得十分荒谬，徒劳无益，它们仿佛是同一片水域的潮落潮涨，一模一样的两件东西，令双方毛骨悚然的一对镜像，日与夜，夜与日，光影交织。有时他将面试官想象成上帝，面试的目的是确保他顺利升入天堂，确保他死后有一席之地，并决定他在天堂获得什么质量的待遇。有时他又将面试官想象成一个小孩，因此他在叙述时采用最简单的措辞从头讲起，一字一句以简短的句子娓娓道来，有时他直接跳到国王、女孩和小鸟的故事，面试官会摇着头告诉他面试结束，他既然不愿合作，不想自助，没有准备好一份完整、坦诚的叙述，解释他在他们国家申请避难的原因，就不该来提申请。

他有时都怀疑自己是不是在说谎。他们每一个都认为他在撒谎，那些关于他是名医生，乘渔船偷渡，离开家乡的原因，他的妻子和女儿的话，全是假的。也许他从来都没有过妻子或女儿。一切都不再像是真实存在过的：放眼望去，那片大海总是风平浪静；将他们的渔船刮得上下颠簸，最终撕成碎片的风暴好像也从未来过。牢骚男站在驾驶室门外咆哮道，开门！快开门！他恳求法鲁克帮忙一起扭开门把手，帮他将门锁破坏。风在尖啸，人在嘶吼。门开了。他俩的身体一前一后一同扑进沉寂、空荡的驾驶室，里面不见一个人影。一个灯光闪烁、哔哔作响的控制盒固定在船舵旁，上面有自动操舵仪和卫星定位装置。令人眩晕的大海将自己的怒火倾泻在船头、船尾，接着是左舷、右舷、桅杆、帆桁，之后便是甲板、船舱，最终，没有船组人员的一船生命随着小船无声地驶向注定的结局。

过了一段时间，仿佛无穷无尽的漫长间隙，他脑海中的东西才逐渐明晰。他记不起起航的具体日期，也不记得是如何离开的。他只清楚，或者是从温和的空气，太阳的弧光推断，现在是初夏时节。帐篷外，褐绿色的草地已经冒出翠绿的新芽；帐篷里，窄小的硬床沿着四面的帆布摆成不规则的方形矩阵。有些男人成天躺着抽烟，只在早中晚三次排队领饭和瓶装水的时候才起身离开。有一个多星期的时间，他一句话也不说，躺在自己的小床上只是看。有个人为他领来食物和水，并称他作我的兄弟。嘿，我的兄弟，吃点。嘿，我的兄弟，喝水。他仰躺在窄小的床位上，身上穿着陌生的衣服：厚实的短袜，厚重的灯芯绒长裤，松垮的内裤，白色纽扣衬衣里套着纯白的T恤。还有两套一模一样的套装整齐叠放在他的床位下面，但不见鞋子的踪影。我出去的时候你得留点心眼，我的兄弟，那个为他取来食物和水的男人对他说。你的鞋子被偷了。我不在的时候你可别睡着了。这些机构资金短缺，有些人本不该出现在这里。一个日益臃肿的系统里，每一样东西都在收紧，压缩，总有一天会断裂，分崩离析。我们要么被留在这里自相残杀，或者整个地方被夷为平地，我们被打发到鬼知道什么地方去。

法鲁克开口了，语言对喉咙周围施以急剧的压力，当它们终于被释放到空气中时，却气若游丝。那人贴近去听，法鲁克嗅到陈腐的臭味和烟草的气息，并看到一片凸起的红斑从男子的脖子延伸到耳朵，耳朵上方的头发被一条白色的疤痕组织横刀切断。正是这只耳朵在期待着法鲁克再次努力发声。男子闭上眼耐心地等待着。法鲁克感觉对方曾经长时间地孑然独行，已经习惯了孤单，他被一阵大意的风吹刮到这里，饱经风霜，等待着化为粉齑，归于尘土。法鲁克贴着男人的耳朵说：我必须等待。

嘿,我的兄弟,你不可能在这里待一辈子。我老了,可能会死在这里,这我不介意,只是祈祷着在睡梦中辞世。反正我们在梦中已然窥视到死后世界的浮光掠影,死亡就是那么回事,一个永远醒不来的梦。有些夜晚,我感到心跳漏了一拍,胸腔里还传来些许杂音,暂停,加速,反复发作,我确信心脏快不中用了。我本不想来这里,但又总害怕被活埋。这是我最大的恐惧,驱使我离开家乡。一想到绝对的漆黑一片,巨大的重量压在身上,没有空间伸展手脚,翻动身体,就害怕得不行。我的屋子是夯土建成的,家里其他人已经离开,我仍坚守其中。我的儿子们、孙女们去了欧洲,我的妻子葬入坟茔。每一天战争的炮火声越来越近,我依然留在原地,直到有一天一队迈达亚镇[1]居民经过我家门口去高速公路,有些人驾着车,有些人徒步走,身后拖着载有孩童和物品的推车。一个人告诉我,迈达亚镇陷落了。他描述轰炸的场景,落下的炮弹将街道夷为平地,被埋入废墟的人们在瓦砾下呼救。于是我步行离开,倾

---

[1] 位于叙利亚大马士革农村省。

囊在一个男人手下买到橡皮筏上的一个座位。天气温和,我们就被冲到了此地。

法鲁克握住男子的手腕,将大拇指肚轻轻搭在对方的脉搏上,过了一分钟,他说道,你的心脏有异位搏动,一个额外的触发点,也就是你身体释放出的一个微弱的电信号,它触发了心脏的生电功能。你恰巧有两个触发点,那个额外的断断续续,没有规律,打乱了你的心律。当你静下来很长一段时间,就会感觉到症状,比如你躺下睡觉的时候。这病不会要你的命。钾元素可以有效调解,可以吃点香蕉。或者你去开一点β受体阻断药,但它们药效太强,会阻断皮质醇的分泌。我给你的最好建议是,每天你要在一定时间内提高自己的心率,慢跑、快走或者游泳都行,以便稳定心律。

听完,老人笑了,一种轻柔的几乎无声的笑,一连串的嘿嘿。然后他看着法鲁克,双目如炬,眼角处绽放出欢乐的细纹。他说,你知道,这很有趣。他们刚送你进来的时候,我就知道你是名医生。从你的行为举止和初来乍到时跟我们打招呼或者不理睬的样子看出来的。我对此有点心得,我很早就懂得看人的面相和仪态。这项本领从没有为我带来什么好处。不过就这样吧,有些事就是如此。你为什么非得等待？

我在这里等待我的妻子和女儿。她们在营地的另一个地方，跟其他妇女儿童在一起。这里就是如此安排的，不是吗？妇女和孩子先跟男人们分开，筹备合适的家庭宿舍，然后就开始递送资料。我不介意在此等待。我猜其他男人也都在等待，与此同时，他们的妻儿在准备宿舍，并为之后的排队等待作准备。我们所有人都应该耐心点。没必要逆流而上。玛莎拿着我们的资料文件，阿米拉是个聪明的姑娘，她们一同筹划，等时机成熟就会来接我。我这一生从没有感到这么疲惫。我猜是因为那趟航行。我总是日以继夜地工作，但从没有乘船航行这么远。即使飞去伦敦再飞回来，我都能在飞机上睡两觉。我惧怕飞行，因此每次都要服下一粒安眠药。我父亲开车送我去大马士革，然后再来接我回家。那时候，满世界飞是一件轻而易举的事。

他想知道为什么这位老人用如此奇怪的表情盯着他看。为什么老人的手现在放在他的肩膀上，轻柔地以缓慢的节奏揉捏着，为什么老人缓缓地左右摇着头说，现在睡吧，我的朋友，躺下睡一觉。我会留在这里看着你和你换洗的套装，明天我看看能不能给你找双鞋。你需要睡眠，我的兄弟。法鲁克躺在床位上，老人将他自己床位上的粗布毛毯拉开。老人的床与法鲁克的床呈直角摆放，因此他的枕头几乎贴着门边，门帘束起来了，由一条细链和钩子固定住。法鲁克想到，进入盛夏后，晚上将门帘掀开捆扎好，让凉爽的空气安抚他们，轻柔的海浪声慰藉他们，将是多么舒适惬意。他希望自己和玛莎、阿米拉能在营地边缘靠近海的地方搭起帐篷，那样他们三个就可以聆听碎浪翻滚，感受晚间略咸的柔和海风，欣赏夕阳沉落到地平线以下，等银河显现，看雾蒙蒙的天河泼洒在夜空。

一连几日，他都在反复琢磨这位老人。他关于独自住在迈达亚镇一间夯土屋子的故事听起来像个谎言，但法鲁克不知道这个故事为什么听起来假，它与其他许多故事差不多，但也许正因如此，才缺少真实感。他的真实经历是什么？法鲁克想知道为什么自己对他如此着迷。为什么他要耗费好几个小时去收集这些东西：靠垫、被单、T恤、内衣裤。又是为什么他的收集品不断增减——他在兜售物品吗？他是小偷吗？其他男人都不是阿拉伯人。他们讲一种他没听过的语言，老人完全不同他们说话，却仍然可以周旋于他们之间，时不时向他们无声地亮出一些小礼物。不用目光接触，他直接举起一件衣服，或毛毯，或一把香烟，会有外国人点点头或面带笑容地接过赠品。老人言行似乎特别谨慎，即使沉默时也一样。他对其他人几乎总是态度恭顺，却又不卑不亢。事实上，用这种奇特的方式与他人交流时，他的腰板挺得比别人更直，下巴抬得更高。帐篷里有五张床和五个男人。法鲁克吃下发放的食物，喝下发放的水，保持呼吸，每天用两到三次帐篷旁的便所。他开始了解到，这样的帐篷还有一长排，延伸到他目力所及范围之外，并在固定间隔处安插预制便所和淋浴间。如果他顶着大太阳眯起眼，越过帐篷顶的轮廓线，就能望到绿草如茵的山头，听到破碎的海浪。他猜测妇女和儿童被隔离在一片更舒适的区域，那里更容易欣赏海景，儿童们在沙滩上玩耍，攀爬岩石，他很高兴玛莎和阿米拉在这段适应期可以互相陪伴，之后他们会被重新分组，继续冒险旅程。

一天，老人说，悲伤的日子必须结束了，我的兄弟。法鲁克猜老人精神有些错乱。他的心律失常大概恶化了，由此形成某种血管凝块，堵塞的血管可能引发脑出血——轻微的中风。悲伤不能持续一辈子，老人又在说，不要再逃避。法鲁克侧身躺着，老人坐在他的床沿。这名老人形销骨立，像根枯树枝：他有鸟类的骨骼，某种古老的、死了很久的生物标本似的紧绷的皮革般的皮肤。这样的想法让法鲁克犯了恶心，他突然觉得肠胃一阵抽搐。老人的手放在他身侧，其重量透过毛毯和衬衫传递过来，显得死气沉沉，异常沉重，这种不能承受的重压挤着他的肺部：他无法吸入空气，他将溺水而亡。

终于等到那个人将手拿开了，法鲁克大口喘息，从自己的床位上坐起身。老人腾地站起来，但站稳之前跟跄了一下。帐篷的另一端站着三个外国人，他们专注地望着法鲁克、老人和别的什么法鲁克看不见的东西。老人突然将头转向那三个外国人，做了个干脆的手势，他们立马鱼贯而出。法鲁克看着他们离开，并注意到有两个人光着脚，但块头最大的那个却是例外：脚上的皮质拖鞋在两侧搭扣，但扣得很松，走路时脚掌踩压面，每一步都会压缩和释放空气，于是发出嚓嚓、砰砰的声音。

老人又说，这种愚蠢行为该停止了。这时他正弯腰一动不动地立着，左手扶在臀部，右臂伸向法鲁克。不知为何，他看起来更高大了，庞大的躯体带给他一种压迫感。法鲁克想象这个老人的手曾使用过武器，犯下滔天大罪；他想象这只手本身就是武器，可以直接撕裂血肉，敲碎骨头。这种逃避行为必须停下，我的兄弟。你有责任继续活下去，继续你的旅程，看看你付出惨痛代价换来的结果。

　　法鲁克无言以对，这个可怜的家伙已经神志不清——他是灌入太多海水了吗？还是漫长的等待之后，拘囿在这个开放监狱，悲惨地孤独度日之后，他终于在这令人发狂的帆布帐篷里拜倒在疯狂的脚下？这人继续说，你悲恸成这样可不正常。这周围有许多人失去得更多——往下数几个帐篷，里面有个男人失去了两个儿子，两个很好的男孩，一个死于战争，一个被钉上十字架。老婆很容易再找，尤其对于你这样的男人来说。女儿也很容易再生。法鲁克站起来用双手掐住老人的咽喉，那三个外国人回到了帐篷中，他们将他扯开，把他的胳膊反扣到背部上方。老人退避开，步履蹒跚如婴孩，他用自己鹰爪般的手去摸脖子，双眼暴突，嘴巴大张。他的模样扭曲了，看起来像一个疯子、一个魔鬼。有什么东西击中法鲁克的脑袋侧面，这一天瞬间堕入无星的黑夜。

他在一个全然不同的地方醒来，一间四面白墙、由一根荧光灯管点亮的房间。他的脑袋钝疼，嘴巴发干。法鲁克意识到有一个人在场，一个年轻的女人。她坐在一把椅子里，双手交叠在膝盖上。他的脑袋与她的膝盖平齐。她小巧的骨架上套着一件肥大的亮橙色无袖夹克，像一件救生衣，下面是一件浅蓝色毛衫，印着几个字母，但难以辨认。她架着窄边眼镜，镜片后的眼睛是蓝色的，不可捉摸，有着某种心照不宣的意味。她的脸上微带笑意，脑袋倾向他，似乎有所期待，期待他做点什么，或说点什么，但他想象不出来具体该是什么。

他注意到，门边站着一个高大的男人，年轻，苍白，身上套着似乎小了一两号的外科手术服。他对坐着的女人讲英语，但口音古怪，语速过快，以至于法鲁克无法捕捉到每一个单词。她点了点头，依旧沉默，脸上保持着几不可察的笑意，眼神中仍透露出心照不宣的意味，似乎收起了某种可怕的东西，又不禁害怕这可怕事物，恐惧其所带来的沉甸甸的重压。法鲁克开口让她离开，没必要这么白费力气，也没必要为他苦苦硬撑；不管她知道些什么，不管她觉得有必要向他吐露什么消息，都没必要分享出来，无论是头部外伤、挫伤还是可能的脑震荡；延迟，棘手问题，还是被使馆或国家拒绝；相关机构不予发放签证，不给同情分，不让通行，不予宽限期；或身份证件遗失，钱包丢失，行李不翼而飞；或医院被炸，同事遇难，战事升级，燃爆，歼灭，大屠杀；还是他和牢骚男破门而入，然后被肆虐的风暴刮倒时，对舱室门造成的破坏。他又听到老人的声音：悲恸的时刻必须告一段落。

他在惊声尖叫，让他俩见鬼去，别来烦他，就让他留在自己的窄床上，留他继续等待，留他继续观察随着夏日白昼延长黑夜缩短后越来越长的太阳弧光，越来越深的红色天空。就留他继续等待，等玛莎和阿米拉筹备好全家的住处以及床铺、餐桌、坐椅，因为家庭宿舍肯定比这里更加干净舒适，会有餐桌让他们用餐，而不用从膝盖上取食；会有椅子坐，而不用坐在床位上；会有一扇门，打开就是一片低洼地，这样同一方向上的沙丘就夹在他们与世界边缘之间成为抵抗海水和夏末凉风的堡垒；如果到那时候他们尚未被允许继续西行，定居在一座城市或小镇里靠近医院的小屋子，他去上班，玛莎和阿米拉每天步行去学校，玛莎会跟其他的妈妈交上朋友，跟她们聊女人的话题，她会假装对这些话题兴致盎然，或许有一天她能重返工作岗位，研究生命中最微小的组成——原子以及其中旋转不停的无质量的成分。他尖叫着让佩戴窄边眼镜、高额头的年轻金发女子离开，不要多管闲事，让他静一静。他累了，需要睡眠。他从床上下来，双手抓住她的手臂，试图将她从坐椅上拉扯起来。他的手臂突然不受控制，不知怎么地被固定到身后。年轻女子和站在她身旁的年轻男子一同居高临下地看着他，看着地板。女子将一只手蒙在嘴上，继而两只手又交握在一起，上下移动，似乎在祈求，在央求，在对上帝祈祷。

顷刻间,那场风暴淹没了他。是关于风暴的记忆,如此的真实,暴虐,就跟真实发生了一样。年轻的男女没有离开,他感觉男人的手压在他背上,他能透过指缝看见女人的脚,她运动鞋的商标,两侧溅的泥点,灰色的鞋带。

他们徐徐地从空无一人的驾驶室往外退,里面是锁住的船舵和连接在它上面的巨大控制盒,都是偷渡贩子的骗人把戏。牢骚男说,我们太蠢了!太蠢了!他的胖脸上滑过几行清澈的泪水。船疯狂地倾斜,驾驶室的门旋开了,他们被甩到一旁。他们的船突然与天空夹成一个锐角。感谢上帝,还余好几小时的日光,或许会有船恰巧经过他们,一艘救援船,一艘海军舰艇,上面全是经验老到的海员,会将他们的船牵引到安全的地方,送他们靠岸。穿过甲板回到舱室的舱门口,掀开门,保持片刻的直立行走,都成了奢望。

最后一次剧烈的倾斜让角度超过了临界点,违背了重力的原理。小船被大海吞没。海水寒冷刺骨。寂静无声。断裂的帆桁浮在水中。灰色的船体巍然高悬头顶。穿制服的男男女女告诉他,他们深感遗憾,十分抱歉,因为来得太迟了:大海吞噬了三十多条生命。

没理由相信他们全都葬身大海。现在他假意去取悦戴眼镜的女人和皮肤斑驳的苍白年轻人。这种曲意逢迎对他们来说似乎很重要。那天还有其他轮船在巡逻吗？还有其他海军部队注意到雷达上遭遇突袭的船只，于是派遣自己的人闯入风暴吗？当然有。那些比他花费更少钱离开海岸的人——有人乘坐充气船、救生筏这些比玩具好不了多少的工具。各国政府为了良心上过得去，派各自的海军船只和救生船队日以继夜地巡逻。

他认为自己应该回帐篷去，找到为自己送来食物、水和衣服的老人，为自己出手伤了他，猛掐他骨节突出的老迈脖子道歉。接着他又听到老人的话：老婆很容易再找，女儿很容易再生。这话让他浑身战栗，呼吸急促且杂乱无章，仿佛一个刚跑完百米冲刺的人。他需要坐到自己的床位上，清空头脑，重新打起精神。

一周来，那个女人每天都来，身上带着一本笔记本。她起初又哄又劝，嘴上和抹了蜜似的，过了几天，就开始展开规劝攻势，让他告诉她自己的故事。他终于开口。她仔细记录下玛莎和阿米拉的全名，她们的生日，她们的外貌特征，以及从他见到被钉上十字架的男孩直至他们坐上偷渡贩子的吉普车离开之间的这段时间，发生在他们镇上的每一件事。

沉船什么时候打捞起来？他问年轻女子。

好一阵她什么也没说，只是看着他。然后她说道，哪天吧，大概，沉船会被打捞起来。他们现在能做的就是处理好受损船只，将生者从大海运往安全地带。她不再说话，两人之间的沉默变得愈发沉重，因为他知道她还有话说。他能感觉到她的沉重心情，即将说出口的话压得她喘不过气来。你的妻子和女儿，她刚开口旋即止住话头，视线从他的双眼移向地面，再一次开口时，她似乎痛下决心：玛莎和阿米拉不在这个营地，也不在其他营地。你不可能找到她们,接受这个现实吧,法鲁克。他对此不予回应,只不过问他是否可以回自己的帐篷,他新配发的帐篷,里面有一张床、一张小桌子、一个当椅子的坐垫。她说可以。

他走到沙丘的所在之处，那是他以为的妇女和儿童最可能的安置点。一路上，他经过了许多帐篷，里面住着儿童，还有或坐或站或洗衣服或张罗食物的男男女女。他有几次绕晕了，读着帐篷上的字母和编号，跨步穿过一排排笔直的帆布帐篷，时不时被拉索绊到脚，看到他的人会以为他是个醉汉或者白痴。他抵达沙丘，原来另一端什么也没有，孤单地立着一排围栏，细细的铁丝网缠绕在东倒西歪的木头立柱之间，当中有几个豁口，铁丝网远端到沙滩之间是一条浅浅的多石的洼地。显然，这里并没有帐篷。根本没有为妇女和儿童特设的隔离区或安置点，将她们与丈夫、父亲分开。海滩上空荡荡的，只有一个双脚赤裸的男人，穿着灯芯绒长裤和白色衬衫。男人抬头看他，摇着头；法鲁克站在海边与围栏处的男人对视，也摇着头。沙滩上的男人和围栏处的男人都双膝跪地，仰天长啸。他的啸声混入从海上刮来来的东风。

有一天午夜时分，他徒步从营地散步到海边，站在洋洋得意的月光下，远眺海面。面对平静的海水，他浮想联翩，大海似乎屏住了呼吸，仿佛羞于将自己展示在他的面前，去承认潜藏的暴力因子和水面下的东西。他将衣服剥得一干二净，径直走入水中，等走了很远，似乎越过了营地两侧对峙的海角之后，水位才没到他的胸口。他让自己浮出水面，埋头向空寂的地平线划水。确定游到远远超过身高深度的水域后，他翻身进行仰泳，望着长长的、上下错落的银河，像夜空中一块流着泪的伤口。他呼出一口气，让四肢下沉，静待水流将他淹没，灌入他的身体，泡烂他的皮肉，盐渍他负罪的骨骼。但海水并不如他的愿。每当他浸没其中就会浮上水面。他一遍遍反复尝试，张开嘴想让水灌入肺部，却根本吸不进去：身体将水推出体外。

他想保持一动不动,但海水将他托举着继续留在水面。等筋疲力尽时,他已无力抗拒,水流将他轻轻带回岸边。

曾经，有一个女人被旋风卷起飞行了数英里，然后毫发无损地被扔在她前夫的门前。这个奇迹让他们回想起彼此的爱意，于是再结连理，育下更多儿女，从此过上了幸福的生活。这是风带来的童话故事。既然如此，海当然也能复制。温柔的涡流载着一个女人和一个女孩旅行数千英里，先是沿着大陆的海岸线移动，然后进入河口、河流、暖洋洋的湖泊，最后将她们留在岸边的鹅卵石地上休息，直到他在那里找到她们，然后一同回家。他将这个故事告诉了英国、意大利、奥地利、法国的代表团们，一群被派遣来的政府官员出于完成他们的任务、计划、慈善行为的目的，对一个个鲜活的生命挑肥拣瘦。他告诉他们关于国王、被他囚禁的标致女孩和屠杀鸣鸟的故事，他们坐那里专注地凝视着他，然后面面相觑，紧接着让他停下讲述，要了他的帐篷编号，复印下他所在营地的认证信息，再装模作样地将复印件跟他的申请表订在一起，最后感谢他抽出宝贵的时间。他们有些人对他心生不满，问他为何要浪费大家的时间。最后，他发现自己登上了一架飞机，被安排坐在窗边，俯瞰意大利的脚趾部[1]。他身后是来自阿勒颇的一家人，他们占据了两排座位，包括一位父亲、一位母亲、两个女儿和一个儿子，他们徒步走到土耳其，然后乘小筏子去伊奥斯。再后面是来自乌鲁姆库布拉镇的一家人，他们正七嘴八舌，捧腹大笑。但之前他们在代表团办公室前集结，准备出发时，都将哀伤的眼神投向法鲁克，男人们同情他，其中一个讲述了自己是如何在战争中失去了兄弟和双亲。法鲁克听完，对男子也回以同情。但他将自己的秘密埋藏在心底——他坚定不移地相信玛莎和阿米拉还活着，她们正乘着另一股海浪环游。

---

1 意大利地图是靴子形状，其脚趾部位通常指卡拉布里亚大区。

兰佩

透过卧室的窗口,他看到社区后面山丘上的金雀花和树林都披上了白衣,但草地仍旧一片葱绿。细雪不会留存多久。兰佩想起小时候,自己像做祈祷的小男孩般跪在楼下飘窗的窗台上,看雪花融化,倍感心碎。他**确实**时常祈祷,要么就是在与上帝讨价还价:一个月攒下的糖果换取一英寸的积雪。或是降下硬邦邦的霜冻,让水管冻裂,学校放大假。或者两者兼得。为此他许诺了一个多月的斋戒和顺服。为了仅仅一天的纯白天地,他宁愿再过第二个大斋节。但关乎下雪时,上帝很少尽如人愿。

外公给他讲的第一个黄色笑话就多少与下雪有关。那时他大概十一二岁,与外公两人正在社区中央的草坪上打曲棍球,他们采取低空短距离击打的方式,生怕球掉进邻居的院子,徒添麻烦——不得不穿过邻居家的大门,或许还会被拦下聊两句。外公说,所有人都很八卦,嘈嘈杂杂的人群总是到处搜罗谈资。外公利索地截住球,让球落地,然后将球棍放低到身侧,噘嘴歪鼻地看了看天空,用舌头舔了一下空闲的那只手的食指,举起来试探风向,接着说,我预测……如果我们大干一场……就能拥有一个白色圣诞节!他将气息喷到夜晚的空气中,汇入笑话和沙哑的笑声,凝成一团黄色的水雾,消散在轻风里。这是令他骄傲的时刻,他向前迈了一小步,因为外公直截了当地给他讲了一个黄色笑话,并希望他能被其内涵逗笑。

兰佩听到外公在楼下清嗓子,并将痰吐进炉灶里。他能辨识出痰液被烤得滋滋响的声音,为此感到胃部一阵抽搐。母亲周五不用上班,他知道她正聆听着他的动向,不时看向屋外的路面,并不是为了观察谁,而是等他下楼享用她早已为他准备好,眼下在烤箱里以低温加热着的早餐。尽管外公抗议道,如果食物预备妥当后他不能像个正派的基督徒那样用餐,就应该好好教训一顿。神啊,都二十三岁了,还宠得像个孩子。他母亲手里拧着一张茶巾,来来回回拧了好久,似乎想从这套动作里获得一点平静,通过这种方式平复心情。他听到她在楼下的厨房、客厅里来回走动,总是那么忙碌,总是来回走个不停,并且嘴里自顾自地喋喋不休,在不常听她讲话的人看来,那模样显得十分古怪。时不时她又会开怀大笑,因为想起一些往事,一些她听过的好故事,那是她留给自己的礼物,用来度过无人作陪的时光。有时候他觉得母亲的世界里满是鬼魂和天使:他们常年环绕在她周围。她读了一本又一本有关天使、意识、正念和来世的书,在任何地方都能发现征兆:喜鹊的数量,知更鸟的凝视,小鸡的许愿骨以及突然出现的纤细白羽毛。这些信息都来自天使,或是她故去的母亲——在兰佩出生前几年,外婆就与世长辞——需要人去琢磨和解码。有时她与他们直接对话,在接收答复时,她整个人保持一动不动,头侧向一边,两眼放光。过了好一阵,她会颔首致谢,微笑着继续去忙自己的事。

母亲时不时向他发问,却似乎从未去听他的答案,好像她对他已然了若指掌。她对他从来都不失耐心。有时候，出于忧郁的情绪，她会伸手去摸坐在桌边的他的脸，用不可捉摸的眼神望他，带有一种缥缈的隔膜感。她会用手梳理他的头发，令他尴尬，不舒服，尽管如此，如果她真的停下来，他又会觉得愤恨。出高中毕业考试成绩的那天早晨，她就站在他身旁，从他手上的成绩单上读取成绩。他很早就去了学校，给校园生涯作一个了结。这样一来，他就可以避开那帮男同学，不用向任何人展示自己的分数。只有那些书呆子才会九点到。她微笑着点点头，亲吻他的面颊。你考得很好，真的。她穿过厨房的地板，将要刷洗的锅碗瓢盆摆放好，然后对着空气低语。他办到了，他办到了。太棒了。英文超过 B1，其余科目都是 C^1。这点分数根本够不上任何一所他看中的学校。但那又如何？他只是太年轻了。

他清楚这所房子和楼下那两人的节奏，他们的切分节拍，像毫无规律涨落的潮水，却伴随着奇妙的可预测性，令人心安。外公的状态，他的疼痛、心绪、一点点失落、一丝丝得意，以及母亲在过去与当下之间的来回

---

1 在爱尔兰的结业考试分数体系中，B1 处于 80.00—84.99 分之间，C 分 3 级，分别为 C1、C2、C3，以 5 分为一段，处于 55.00—69.99 分之间。

游移,都是预测的依据。周五总是一成不变。外公从前一晚的酒吧里带回趣闻轶事的盛宴。他现在可以听外公讲故事了。

所以我说,我对他说,你知道吗,你跟那个男演员长着一模一样的脸蛋,他叫什么来着,哦,对了,就是那个……乔治·克鲁尼。他高兴得屁滚尿流。每个人都祝贺他获得了如此的恭维,对他艳羡不已,对我心服首肯。等喧闹停止,一切归于平静,我又说,我说,哦,等等,不对,我是指另一个家伙,名字听起来很像的,叫什么来着,哦,对了……我等了足足一分钟,直到吧台边的每一个浑蛋都竖起耳朵。然后我说,我说……是米基·鲁尼!我敢说他差点没压下杀了我的冲动。我向他举起酒杯,为他的健康之类的干杯。你真该瞧瞧他的表情。这就是那个婊子和他的新衣服的故事。

兰佩跟着笑了。他听到母亲在叫**爸**,语气里假装对污言秽语表示不满。他的外公笑得呼哧带喘,又开始清嗓子,他听到炉灶的门被打开,随后是吐痰和滋滋声,炉门再次关上。他母亲在抱怨吐痰的事,他清楚外公只是在演练这个故事,而他,兰佩,就是目标听众。领悟这一点让他产生了一种不可言说的感觉,由骄傲带来的古怪兴奋。外公是个毒舌的人,状态好时,一条舌头能将世界切成两半。

兰佩到底在哪里?他正照着镜子孤芳自赏,快要把镜子看穿了,如果没在打飞机的话。**爸!**他母亲的声音听起来怒气汹汹。但外公正大步流星地踱着步,嘴里滔滔不绝。那儿还有个小子,事无巨细地胡侃着自己将要去市政厅里举办的一场以帮助难民还是熊猫或者其他什么东西为名的化装舞会。他正纠结于装扮成什么形象,我对他说,我说,你现在知道该怎么做了吗?他清楚我有话要说,却继续对我置之不理。于是我更大声地说,嘿,嘿,你现在知道该怎么做了吗?我看得出来,整个酒吧又在等我的生花妙语,连波吉都会半途停下调酒。他自顾自地笑了,且对自己的表现很有自知之明。人群里有几个来自岛领社区[1]的硬茬也等着看好戏。我就对他说,你知道自己该怎么做吗?让他开口就跟要杀了他似的,但他别无选择,只能回应道,怎么做?他那张脸像要把我千刀万剐了。我平心静气、正儿八经、一字一

---

[1] 岛领社区(Island Field)是利默里克的一个安置社区,建于 20 世纪 30 年代,三面环水,很像一座岛屿。那里混杂着各种底层人士,因帮派冲突在当地臭名昭著。

句地说……你应该披上自己的衣服去扮演一个浑球！整间酒吧笑得前仰后合，人群里一片混乱。他简直想把我砍成两截。

兰佩又一次察看了雪况，希望不会积雪。路面湿漉漉，尚未结冰。他正驾驶着一辆新的大巴车，信心不足：这辆比原来的车身更宽，价格高昂得多，疗养院的格罗根一家正为了它的价格和那个宣称旧车不符合要求的该死的检验员吵得不可开交，即使它已有三年车龄，还是进口货。他穿了两双袜子，脚上是被表兄弟谢恩称作落伍了二十年的高帮马丁靴。然而他一点儿也不在乎，因为靴子让他增高了半英寸。他站在镜子面前，扣上牛仔裤，曲臂秀出二头肌，整理好发型。他不确定自己的T恤会不会过于紧身，随即判断不会。他想知道这晚埃莉诺会让他做到哪一步，又是否应该带她去其他地方，而不要老是去超价商店[1]的停车场。他希望那辆思域别再坏他的好事，她肯定会想亲热一番。他希望母亲不要逼他吃吐司，这样他不得不再度告诉她自己在戒碳水。外公因为他拒绝吃吐司而假装生他的气，毫不客气

---

[1] 超价商店（Supervalu），美国商品批发及零售公司。

地叫他作娘娘腔、娘炮,还有其他类似的称呼。

他感觉好极了,微笑着下楼,希望能听到那些故事的结尾。在反复讲述中,故事被润饰得愈发出彩。他预感这一天大概会风平浪静地度过,不会糟遇不期而至的回忆、思绪、烦恼或悔恨来刺激并蹂躏他的肠胃。他也许可以去疗养院,完成自己的工作,从詹姆斯·格罗根那里拿到现钞,驾车进城里接小东西,跟她老爹闲聊几句,聊当天的赛事比分,利物浦队这个赛季又踢得一塌糊涂。他或许能与她也攀谈几句,不再因叫错名字而惹她生气。他们可以计划夏天的出游。他可以表现得像个正常人,跟其他小伙子一样,做正常的事。平心静气,收敛脾气。

他知道外公听到他下楼来。瞧,他来了,他说,并再次清了清嗓子,为讲述故事作筹备。兰佩知道,他刚在自己女儿身上进行过实践,将故事复述了一遍。有一会儿,兰佩心不在焉地考虑着是否要打断外公,说些我已经听过了,外公,什么乔治·克鲁尼,什么米基·鲁尼,花哨的装扮,等等等等。但他不能那么做,不能如此口无遮拦。或许他能。这取决于外公如何跟他打招呼。如果外公叫他娘娘腔,或者指责他整个早晨都在浴室里打飞机,那他对任何故事都一概不听。他会用一片黑面包卷起香肠和火腿片——去他妈的碳水——再往上挤一些番茄酱,然后出门。外公可以把他的故事讲给狗听。

前几天夜里,他母亲点上了一根圣诞蜡烛。外公哀叹圣诞一年比一年来得早,全能的主啊,十一月还没过完呢!她让他多操心自己的事。她将飘窗的窗帘和百叶窗拉开,将又高又粗的蜡烛放在窗台正中央。为他的行车安全祈福,为他照亮回家的路。他知道,她不喜欢他开车。每一篇关于致命车祸的新闻报道都会叫她大哭一场;她画了个十字,然后低声为逝者的灵魂和他们可怜的家人祈祷,特别是为他们可怜的家人。老天,你能想象吗?每次他找车钥匙时,她从不帮他一起找,还要添一句:你就不能不开车吗?不能让外公送你去目的地吗?他觉得自己开始生她的气,不想回应她。他一边低声骂脏话,一边在报纸下面,坐垫后面,壁炉、工作台和书架的台面上搜寻。这时外公会说,你别去烦孩子了,他也知道畏惧,又不是一个傻子,不会在马路上乱来的。他发现外公正看着他,脸上的表情颇有意思,可以说是忧心忡忡,但又有点别的意味,一种无可奈何。

于是他很好奇外公是否通过某种方式了解到他有时候会全速奔驰在莱卡纳威狭窄的公路上,眼眶里溢满泪水,安全带丢在一旁,看着铁路桥下的双桥墩飞速逼近,头脑飞速旋转。手腕抖一下,就一下,她就会出现在我面前。

他跟克洛伊的第一次对话发生在从镇子回来的夜班巴士上，话题有关三只小猪的故事。在烤鸡屋[1]，她令他眼前一亮。她对他笑了笑，他点头回应，试图表现得酷一些。结果她被逗笑了，随即将视线移向别处。接着在巴士上，她问他的朋友大卫，是否介意交换座位。大卫说，没问题，不过我刚放屁了。兰佩杀他的心都有了。不过她只是微笑着坐到大卫的位置上。巴士开动

---

[1] 烤鸡屋（Chiken Hut）是爱尔兰本土的一家连锁快餐店，供应烧烤、比萨、汉堡等常见餐品。

前，她和他都一言不发。然后她转头对他说，你知道吗，在三只小猪的故事里，他们之所以被自己的妈妈扫地出门，是因为她受够了他们的粪便？他唯一能做的就是点头，并盯着她看，看她的酒窝，只在一边脸颊上有，并令她的肌肤折出一条凹痕，看她星光点点的蓝绿色眼睛，看她说话时向上挑起的眉毛，看她轻声细语的样子，看她的笑，看她的坏笑，看她轮廓完美的红润双唇，看她向他靠近，仿佛要告诉他一个可怕的秘密，既下流又甜蜜。你知道这故事为什么会有两个版本吗？一个说大坏狼将前面两个白痴的房子吹倒了，因为房屋是由树枝和稻草搭建的，不过他们逃进聪明的小猪用砖块砌成的房子里，大坏狼铆足力气想要把水泥房子吹倒，故事的结尾却遭到小胖猪的哄骗，钻进烟囱掉了下去，活活被烫死，对吧？而另一个版本里，却是大灰狼将傻乎乎的哥俩的房子吹倒，将他们吞下肚了，对吧？第二个版本更合我的胃口。但不包括那个版本里的这一部分，就是机灵的小猪在将大灰狼活活烫死之前，设法将两个白痴从狼肚子里解救了出来。这纯属鬼扯。他们就该死。罪有应得，不是吗？她显然气晕了头。兰佩点头表赞同，虽说他完全搞不明白她到底在讲什么，却感觉裆部和胸口一阵刺痛，他知道，自己沦陷了。

他买那辆本田只是为了哄她开心。她热衷于兜风，喜欢在副驾座躺倒，将音响调到最响，然后闭上眼睛，告诉他只管开车。他强迫自己的眼睛盯着路面，而不是看她褪至大腿处的短裙下的一双玉腿。他的脑袋时不时感到些许眩晕。一次，她请求将车朝巴利纳方向开，说自己听闻那里有一个驾车游的好去处——你可以开到一座山的山顶，沿途会经过往昔一些浑蛋的墓地，最后在晴朗的天空下俯瞰五个郡。当他们抵达目的地后，她从手提包里取出一个避孕套，告诉他快戴上。她脱掉自己的内衣平躺下，整个过程中都与他眉目传情。她催促道，来吧，兰佩。结果几秒就结束了。她嘲笑了他一番。几分钟后，他们又做了一次。她说这次好多了，确实如此。从盘山公路往回开的一路上他都在想，现在没有什么比此刻更重要，这一刻他等待了一辈子。

楼梯下到一半，他停下脚步，握在栏杆上的左手指节因为用力过猛已经发白。对克洛伊的记忆总是能击垮他，让他僵在原地。她纤细的手，蓝绿色的眼眸，轻柔的笑声，温柔地耸肩来制止他的行为，可能留在他心底的痛苦，已经留在他心底的痛苦，对他来说都是致命的。他注定因此殒命。埃莉诺个头矮小,一头黑发,脸上总是笑盈盈的,一双迷人的眼睛又大又圆,可以说还长着一对巨乳。她在布朗·托马斯高级服装店工作时穿的制服十分性感,不过他清楚,她在内心深处明白自己不过是个手边的替代品,一个备胎,他仍旧爱着别人。不过她会怀着希望在他身边再流连一段时间。

克洛伊就截然不同:轮廓棱角分明,为人坚定如一。他想起她背部的曲线,她的肋骨压在他皮肤上的灼热触感。就连她的双唇贴在他的唇上时也并不柔软,迫切得像是在强吻他,他似乎只能束手就擒。这么一比较,埃莉诺是一个柔弱、温暖的对象,急于取悦他。她的双唇丰满,吻起来甜丝丝的。他清楚,克洛伊的归宿将是一间高墙深院的豪宅,连大门都是远程操控的。埃莉诺则是随遇而安,她会活得很快乐,生一窝小孩,给予他们无限爱意。她会有宽阔的胸襟。他不知道是否应该娶她,结束这摇摆不定的状态。如果真心尝试,他也能爱她。

他估计她是要看看圣诞节的情况,看他是否不再叫错她的名字,又会否为她买一份称心合意的礼物。埃莉诺住在城里,一周只能与他见两三面。他在她身上四处搜寻克洛伊的影子,但她还没完全领悟他行为的深远含义。在炸鱼薯条店里,他试图跟她聊两句,但所有的话都被堵在了心口,因为他在期待着她的如下姿态:出于怜悯的苦笑,不易察觉的挥手,胸廓轻缓地胀满。

他回想着他们的秘密约会地,那片山顶和沿途经过的伦斯特门墓园。最后一次做爱后,他们就牵手坐在墓地里,他用大拇指轻弹着她的手背,好奇那皮肤下细弱的骨骼摸起来会是什么感觉,却不知道未来等待他的是什么,前方走来的又是什么。在他看来,他俩的感情如玻璃,脆弱易碎但又完美无瑕。真希望可以见到她和他自己,哪怕一秒也好,在旁边将她看个仔仔细细,占据她,完完全全地拥有她。他对她爱到极致,就是这么回事,他爱她。她问能否将车开进利默里克,一直开到麦当劳。他至今也没搞明白她为何要这么做,非得选择金拱门的停车场来揉碎他的心。她原本计划先吃一餐吗?金拱门如今让他倒尽胃口。她说,你随同去都柏林上大学的计划对我没有吸引力,对你也不公平。但我们仍可以一直做朋友。

无法信任自己的声音,他沉默了很久很久。他的嗓子眼被堵住了,似乎真的有什么肿块堵在那里,阻塞了气管,因为他连呼吸也不顺畅。心脏在胸腔里胡乱地剧烈跳动。麦当劳招牌正面的油漆已经褪色,黄色的 M 变作灰白,泛着白色的光泽。停车场里每一辆车都是黑色的。他紧紧闭上眼睛,等再次张开时,世界变得五光十色。他平复了一下自己的心情,然后说道,我搬到都柏林住。什么工作我都他妈能干。我可以找一份工作。总之我会在那边陪你,那地方的变态数不胜数。你不应该独自出门。她笑着咬了咬下嘴唇,将手放在他的手上,说道,哦,兰佩,你真可爱,真的。我有能力照顾自己,很抱歉,兰佩。能送我回家吗?他问她,既然她只是想回家,又为什么让他带她来这么远的利默里克的麦当劳。她说,她已经不觉得饿了,也没料到自己会如此难过。想到她对自己的难过感到惊讶,他被伤得更深。他探身去吻她,她却别过脸去,只让他吻在面颊上。他猛然间怒火中烧,一只手捏住她的乳房,用力挤压。她尖叫着对他的下巴尖挥了一拳,说道,俞!这他妈算什么,兰佩?在痛苦的煎熬下,她如坐针毡。他叫她滚出他的车,她不过是个婊子。她直挺挺坐在坐椅里,无声地哭泣,用近乎耳语的声音说,送我回家,兰佩。送我回该死的家。

自那以后,他只见过她一次,那是在四五个月前他从夜店出来之后。在炸鱼薯条店里,她不愿跟他说话,她的几个兄弟挡在他俩之间,阻止他靠近,并说,嘿,兰佩,识相点,我们不想与你起冲突。他挥拳去揍最年长的小子,拳头落了空,整个人却踩到别人撕开后掉落在地的一小袋番茄酱上,在店铺的地板上滑出去老远。整家店的人都在看他笑话。他从地上抬头,看到克洛伊就站在他身旁,视线盯着前方,一只手蒙在脸上,她的女伴伸长手臂护着她。他对她说,克洛伊,求你了,跟我到外面去一下。但她的兄弟将他从地板上拉扯起来,说,快滚吧,兰佩,别再纠缠了。店里那个深色皮肤的小伙计从柜台后走出来,尖声说着什么。兰佩听不清楚,于是他又尝试挥拳,再一次扑空。店里的伙计用锁喉的方式控制住他。他被拖出大门,扔到了大街上。他在不断地下坠,下坠……

与她同届有一个男孩是柯伦家三胞胎里的一个。他不知道是老几:他们都像一个模子里刻出来的,一样的坏种。男孩告诉他,她跟一个都柏林的小子好上了。那小子是个打橄榄球的大高个,他父亲是名大律师。他就知道这么多。

他想起外公给她母亲打电话的那天。他被什么冲昏了头？哦，外公，你到底干了些什么？外公在门厅的电话桌旁，以他一贯的双膝弯曲、两脚岔开的方式站着，像要跟人干仗的醉汉。他似乎有些义愤填膺，面红耳赤，根根白发竖立在头皮上。兰佩过了好一会儿才意识到发生了什么。外公在自己的房间里哭得像个孩子，咿咿呀呀声音很大，不断说，你他妈从不为他着想，你以为你了不起，是，你确实是个大人物，你认为我们这种人配不上你。你认为我家小子配那个小婊子是高攀了，那个女人不过是个婊子，一个没教养的烂货。哼，我告诉你，她最好离我家小子远远的。克洛伊的母亲声音轻轻柔柔，安抚着他。他无法听清每一个字，不过她正说着类似的话：我知道你在说气话，尚利先生，我们真的应该放手让他们过自己的生活，在二婚之前，人总得伤几次心，不是吗？她轻声笑了起来。外公的鼻腔里喷出灼热的气息，又预备张嘴说话，兰佩一步四级飞奔到楼下，径直朝电话冲去，一把按下挂断键，差点将外公撞倒在地板上。他一边推搡着外公，一边大声嚷道，这他妈怎么回事，外公？到底他妈怎么回事？兰佩差点撞倒他，不过他及时稳住了重心。外公采取防御的姿态，对他缄默不言，突然之间又觉得难为情。反而是兰佩先开口，我不是你的小子，外公。我不是。留下这句话，他夺门而出，外公没有唤他回来。

这段时间,他感到心力交瘁,却搞不清原因为何。大脑完全静不下来。因此他继续跟埃莉诺交往,但她喋喋不休地谈论着《X音素》《我是名人》以及类似的垃圾节目。她外表可人,同样具有强烈的游戏精神,只是他必须说些甜言蜜语哄她。这倒不要紧,对他有益,可以带来慰藉。他温柔进攻,她就假装抗议,她那一刻不停的嘴巴,婉转的城里口音,甜蜜的挑逗,巧舌如簧的口才,无不抚慰着他。他将琐事一件一件反复回放,都是些他本不应该把火撒在外公、母亲以及克洛伊身上的时刻。他老捂不住自己的火药桶。不知道父亲的脾气是不是也如此糟糕。他总是想起最后一次打曲棍球的那天,正是因为他的防守失误,他们差点输掉了青年A级半决赛。下场时,托尼·戴拉哈提质问他是不是一个白痴。他的脑子嗡的一声,然后说道,别再叫我白痴,托尼,再也不许叫我白痴。托尼·戴拉哈提嘲笑道,你能把我怎么样?兰佩没说什么,却悄悄拉开架势。托尼·戴拉哈提叫他快他妈坐下。兰佩用肩膀冲撞他,将他从球场边线撞到长椅休息处,并骂了一句,浑球,声量足以让他听见。奇安·戴拉哈提从替补席上站起来,对他说,别自以为是,兰佩,不准再他妈像那样冲撞我的兄弟,我听到你怎么叫他的。兰佩说,你也是浑球,老鼠的孩子会打洞,懂吗。于是奇安·戴拉哈说,你对父亲倒懂得挺多,起码我知道谁**是我的**父亲。兰佩一记头槌,在戴拉哈提的眼睑上方开了个口子。其余的替补队员全都来劝架。裁判走过来,想知道这边在他妈闹什么,并警告要取消比赛,让科马克斯队晋级。这时外公已经从看台赶过来,对他说,我们走,孩子,干脆一走了之,不要理这群没用的孬种,他们打得烂透了。回家路上,他俩缄默无言,但他很好奇,外公到底听到了多少,又知晓了多少。

来自静谧的浅海

他曾向外公打探过一次。大概十岁或十一岁时，他直截了当地问道，外公，我的父亲在哪里？外公正忙着在工作台上标记裁切线，他的嘴唇翕动着默默计数，过了一会儿才回应他，怎么了，孩子？兰佩知道他听见了。我的父亲在哪里？外公拿一截铅笔头和十二英尺长尺一边继续标记，一边低声复述着兰佩的提问，仿佛他正在搜索记忆，或是琢磨这句话的意思。他没有抬头，却给出了回答。在英格兰的什么地方，我只知道这么多。至于他叫什么？我不知道。你怎么能不知道呢？我怎么能不知道？那是因为没人告诉我，我也从来没去过问。如果别人想让你知道，就会说给你听。那你对他有什么了解吗？根本就一无所知，除了你母亲年轻时对他倾慕有加，他俩有过一段风流韵事，但他跟这近年来的许多男人一样，发现你母亲怀孕后就不告而别。我猜他是不想卷进这摊麻烦事。孩子，有些男人就不是当爹的料，跟你毫无关系。我从未见过这个男人，也没听说过他的名字。我感觉他是城里人。这就是我所知道的全部情况，现在你知道的跟我一样多了。兰佩知道，就算外公有所隐藏，他也无法获得更多信息。

　　年幼的时候，他并不觉得有什么不一样。妈妈就是妈妈，外公就是外公。丈夫、妻子、母亲、父亲、祖父、儿子、女儿、孙子，都只是词语而已，只有妈妈和外公这两个词才有血有肉。之后，有人告诉他杂种这个词是什么意思。那是他上四年级时，一次午饭时间，兰佩坐在校园最高处一块低矮的草坡上吃三明治，一个六年级的小子走过来对他说，你是个杂种。他身后有几个小孩在咧嘴笑。这小子正嚼着一袋炸薯片，笑眯眯地盯着兰佩看，想看看兰佩有何反应。然而兰佩只是反问，你说什么？那小子重复道，你是个杂种。他吃完薯片，将包装袋揉成一团，塞进裤子口袋。你知道杂种是什么意思吗？兰佩没吭声。于是他解释说：杂种就是没爸爸的人。所以我叫你杂种并不是在骂你，而是讲出事实。兰佩看出来，他两侧的男孩们都停止吃饭，也不再动来动去，都等着看他的反应。他觉得腹中有一股软绵绵的感觉，裆下也传来奇异的滋味，仿佛有人使劲捏住他的蛋蛋。对杂种这个词作出释义的男孩正一根接一根地舔着手指，每一根都舔到第二段指节。这个又瘦又高的男孩一边吮吸，舔舐着修长的手指，一边盯着兰佩。兰佩知道他来自布拉德家，父亲在市中心有间办公室，挂有写着布拉德的招牌，以及其他兰佩不理解的字眼。有人开口说，哦哦哦，他不吃你这一套，完全不买账。校园监督工作本来是拉特利奇弟兄的职责，但他离得很远，正背对他们站在六年级学生的自行车棚边。兰佩听到外公的声音在对他说话：孩子，你要尽量避免跟人打架，但如果非得干一架，那就瞄准对方的喉结。瞧，就像这样。外公弯曲手指，让指关节突出。拇指不要收起来，以免折断，要让它紧贴食指的侧面。你的眼睛盯住那浑蛋的喉结，径直刺过去，要又准又狠。外公一遍遍给他演示动作。妈妈进屋来，见他们笑闹着绕厨房进攻，躲闪，不禁发起火来，让他们停下。外公又提醒他一遍：喉结，瞧，就是喉咙上那块鼓包。外公的左手又摆出那个手型，以指节为刃，并向他眨眼示意。此刻，兰佩的左脚重重踏在草坡上，整个人一跃而起，布拉德家的男孩正从右手手指头上吮吸着盐粒，兰佩看到他有一个凸出的锐利喉结，正追随他咂吧着咸味上下移动。兰佩利落的一记重拳，这位勇敢的杂种释义者向他身后的小团伙仰倒，摔到地上。他两只舔过的手护着喉咙，嗓子里发出尖细、刺耳的古怪声音，面庞鲜红，双眼暴突。其他小子全都一拥而上，围成一圈，大叫着，打！打！打！身穿黑袍的拉特利奇弟兄向他们跑来。兰佩感觉到自己的朋友们在拍打他的后背,还赞赏道,真够爷们,兰佩。真够爷们,兰佩。你放倒了他。这一天兰佩生来头一遭感到困扰,他觉察到人与人的不同。这样的困扰与觉察从此如影相随。

在痛击尼尔·布拉德之后过了几年,他有次在一场曲棍球比赛上听到有个男人询问外公他是谁。他大概十三四岁吧,记不太清了,赛场上表现得很糟糕。那是你家的男孩,对吧,被换下场的那个?7号球衣?外公告诉那个男人就是他,没错,他就是自己家的男孩。那个男人看向远方,洋洋得意地笑,然后又看回来,张嘴要说话。结果外公挺直腰板,握紧拳头质问他,你还有要说的吗?对此你还有要说的吗?男子向后退去,看看天又看看地,却找不到一个更好的回答,于是只好说,不,他只是随口问问,仅此而已。随即外公注意到他一直都坐在后面一排。外公说,过来,孩子,坐到我这儿来。不要理睬他们那群浑蛋,居然换下自己最好的球员,他都还没热好身。

就在兰佩下到楼梯底部时,这段不请自来的记忆引发了一种熟悉的芒刺在背的感觉,在他体内激起一股朦胧的气流,出于内疚或羞愧,又或者其他什么原因,其他某种无以名状的感觉,总之是他无法命名的一种感觉。就在他走到厨房门口时,另一段记忆涌上心头,他停了下来,这段记忆仿佛坚定地按压在他胸口的一只手,又像镇上仅限会员出入的夜店门口的一名保镖,譬如偶像酒吧之类的地方。站住,小子,你有身份证明吗?没有,我肯定把它丢在你妈的家里了。他无法对这些记忆进行时间定位。这些蠢事时常让他伫立在原地,一手抚在额头上,双眼紧闭,失去了一切行动力。外公在等他,等他训练结束后一起走回家。外公站在曲棍球场的大门边抽烟,他却避开外公,缩起头经过大门,沿内墙疾步前行,穿过凯利家的后门。外公回到家,没有提及等他的事。他想到外公一直在等待,在大门内朝更衣室远眺,过了一会儿进入室内瞧瞧他在不在,并询问托尼·戴拉哈提他在哪里。托尼说他已经走了一小会儿了,迪克西。外公说,干,行吧,我肯定是跟他擦肩而过了。

詹姆斯·格罗根几周前要他监管疗养院的活动室。在那之前，他不过是到处收点小费，打扫房间，更换床单，在需要时驾驶大巴。有时候他独自出勤，不过他知道，在来回运送某些住客外出赴约和家庭拜访时，车上应配备一名护士。格罗根一家子都是投机客。外公说，他们连魔鬼都敢骗。詹姆斯·格罗根对他说，兰佩，你只需要坐下来看着他们，确保没有人游荡、窒息或是从椅子上摔下去。有事你就叫护士，或者某位女士。不要自己逞能。我正在提议为你端坐着不动付工钱，你怎么想？兰佩说他愿意。不过他听说几年前有个女人在活动室去世,就在落地窗正前方,死在了她丈夫的臂弯里。事情发生在一瞬间:她从座位站起身,坐到丈夫的大腿上,随即溘然长逝。几周后的一天,那位丈夫合上双眼,也随她而去。因此这是一份比詹姆斯·格罗根嘴里描述的重要得多的工作。但他仍然感到高兴,他喜欢活动室,喜欢那里的宁静,那里的交际圈,他们有些老糊涂了,有些则是耳聪目明。那里有位女士,一条接一条地织围巾,手速似活塞,从不低头看针线,而是整天左顾右盼,跟兰佩讲其他人的飞短流长。她会说,瞧瞧那个,知道吧,她聋得像块石头。还有这个,胖得像个智障。对面那个,他的束脚短裤前后穿反了。主,这一屋子的老弱病残。她摇摇头,手上继续翻飞。兰佩渐渐喜欢上她轻柔的咯咯笑和镜片后狡黠的目光。有一天,她对他说,你是个英俊的男孩,就是额头过分丰满,肯定装满了智慧。你怎么会沦落到干这种活?

  上周有个男人唤他作德克兰。德克兰,你拿了我的钥匙吗?德克兰。德克兰。你能帮我找到钥匙吗?我们一起回家。梅会为我们准备好饭菜。德克兰。兰佩走到身边对他进行安抚,竟被男人强有力地握住手,说道,好小子,德克兰,你是个棒小伙。你找到钥匙了吗?兰佩说，我不是德克兰。老人困惑地望了他很久，然后陷入沉默。他说，噢，是的，我弄混了。认错了。这段时间，我脑子里总是一团乱麻。过了一会儿，兰佩眺望男人这侧，发现他闭起眼睛，双唇翕动，脸上挂着泪珠。织围巾的看看兰佩，又朝落泪男子点头示意，翻了个白眼，说道，真可怜，他寻找的那个德克兰很早就离开了。但愿上帝帮帮我们。跟我自己的儿子一样，在国外某个地方。然后她回过头来看着兰佩，仔细研究了一会儿，说道，过去的无法改变，未来的无法预知。你不能一辈子陷入忧愁，肯定不能。你要做的是善良地生活，就会拥有美好人生。兰佩对此深表赞同。她吃吃地低声笑起来，又去观察她的老伙计们。

外公仍旧在厨房放声大笑，仍旧咳喘不停。兰佩的母亲摆上了吐司，他决定干脆吃掉它：没必要作冗长的解释。外公在做一种夸张的表演，这是他的保留节目中最折磨人的部分。哦，神呐，快瞧瞧！瞧瞧谁终于现身了。长眠者都出来了，结果很多人都看到了。[1]拉撒路，

---

[1] 出自《圣经·马太福音》27：52—53。

拉撒路，从墓穴中起身吧。[2]主啊，你可有份宏伟的事业。还剩多少时间可以这样闲庭信步？还能浪费一分一秒吗？你可真行。兰佩说，我今天就跑一趟大巴。外公说，是呗。仅仅两个字：是呗。他说这话的口气让人抓狂，言语间的暗示似在暗讽兰佩撒谎，他本应上全天的班，却只想昏睡过去。这足以令兰佩想对他厉声尖叫，想抓起他的领口来回推搡。但兰佩绝不会这么做。我只需要载几个人去镇上的心理治疗所，再送几个人去他们的子女家。外公，他说，这份工作可以赚五十镑。他希望外公别再揪着不放，别再来烦他。但外公毫不退让，又说道，是呗。兰佩猛地一掌拍在餐桌上，将他的餐盘震得腾空。母亲扭头看他，双目因震惊瞪得圆圆的。兰佩咆哮道，*我他妈就是的！*他很奇怪，自己怎么就不能保持冷静，为什么会让老头把自己惹毛。

外公坐下来，一边生闷气，一边小声嘀咕自己不过说了句是呗，这话犯什么忌了？是呗，不是吗？他不愿跟兰佩讲自己的任何一个故事，不论是乔治·克鲁尼、米基·鲁尼、去化装舞会的浑蛋，还是别的什么故事。

---

[2] 出自《圣经·约翰福音》11：43。

兰佩感觉周遭的空气伴着他虚饰的愤怒，外公的坏脾气和失望，母亲疲惫不堪的无奈变得凝重起来。他的早餐吃起来干巴巴的，或许是因为他的嘴里发干。虽然食之无味，他还是大口咀嚼，强迫自己将每一口都吞下。终于吃完，他向母亲道谢。母亲回礼道，不客气，亲爱的。你开大巴车可得小心，道路肯定会变得湿滑。他说自己会万分小心，走之前他没有看外公一眼，也没对其说什么。外公同样沉默以对。他穿上外套，踏入提神醒脑的冷空气中，细雪正在空中飘舞。

时间足够他走着去疗养院。于是他徒步前往，将那辆思域仅余的一点汽油节省下来。他心里想着埃莉诺，想着她的身材、笑容、他所钟情的浓厚眼妆，以及他如果见机行事，应对得当，她可能配合干的事。他决定带她去某个地方，中餐馆或别的哪儿。在别墅区顶点的拐弯处，他回头望了一眼自己家，有一刹那他考虑要不要找个借口折返回去，说他忘了钱包，或是要拿手套之类的，对外公说些简单的和解辞令，像是待会儿见，或是对了，外公，要不要我回家时给你捎带点什么东西？他知道这样母亲会满意，外公也会开心，但他就是做不到。这么简单的话，可以给三个人都带来安慰的小事，他却办不到。他到底有什么毛病?

  他想起自己做过的一个梦。他站在托蒙德大桥上,俯瞰水位升高的黑黢黢的河川逆流而上,翻滚着从城里往索蒙德门的方向奔流。他看着水面,惊叹其流速,其水位——几乎贴近护栏底部。他正对一个看不见的人说话,说这是正常现象,这条河远至卡拉戈尔的水位都在上涨,不过是一次迅疾的涨潮,无须担心。结果桥梁吱呀作响,一阵震颤后,垮塌落入水中。微温的河水携裹着他往上游漂去,经过国王岛,翻过鲑鱼堰,一路冲进内陆,将大海抛在身后。醒来时,他笑得合不拢嘴。梦境渐渐消散,他却在想,任自己被水流带到人生的终点将是多么容易的事情。他只要闭上眼,当个自由落体。

詹姆斯·格罗根在门口撞见他。快点,你迟到了,他说。兰佩看了看手表。你告诉我十二点到岗,我还提前了一分钟。哦,是吗?行啊,失陪一下,等我为你取一座奖杯回来,还是说他妈在索要一分钟的加班费?兰佩没再进一步回应。没有必要跟那个浑蛋顶嘴。詹姆斯·格罗根继续说,行吧,行吧,好了,你听着。他念出一连串需要接送的人员名单。兰佩根本不需要细听,因为每周的工作内容千篇一律。如今他已经能将人员与地点的表单悉数背下来。他看着詹姆斯·格罗根肥厚的下巴上下移动,两边嘴角沾着的新月形的白色碎屑,仿佛为他的言辞添上了一对肮脏的括弧。他纳闷詹姆斯·格罗根的老婆怎么会允许这么可憎的肥胖丈夫骑到自己身上。那位老婆可是个尤物，浑身上下晒成小麦色，身材凹凸有致，金发飘飘。虽然过了四十岁，但保养得非常好。兰佩发现自己硬了。一阵惊慌后，他强迫自己去想如果被衣原体感染，注射针管会伸入阴茎内部，针头如同撑伞一样伸出一些微小的尖刺，医生不得不用力才能将其拔出来。如往常一样，他只要运用这番想象，勃起的阳物就会疲软下来。他很满意这套方法，曾在众多不应随意勃起的场合使用过，像是做弥撒时，但他并非时常去做弥撒。不过在一次葬礼上，他撑起了帐篷。那是外公朋友的葬礼，他正跪在地上，看到前排女士的屁股，其黑色短裙的腰间露出红色的蕾丝边，她的内裤显出若隐若现的轮廓，裙子上有道窄小的拉链。等他坐回去时，他不得不将身体前倾，因为手上没有毛线衫、夹克衫或其他衣物可以盖在大腿上。他的裆里硬得像块石头，耳畔只能听见外公愤怒的低语：你到底有什么毛病？你不舒服吗？赶快给我坐直！

外公向来声称格罗根之所以能获得许可在那块美丽的地皮上修建疗养院，不过是因为城里的办公室里不断有褐色的信封纷至沓来。外公时常自问,为什么下方巴利加什的布丽迪·德怀尔就无法获得许可,在自家正门的围墙顶上多加几层砖块,并装上一扇高大的实心门,以便她自己和所嫁的疯汉子能在他们的花园里赤身裸体地撒欢?哈哈哈!兰佩跟着笑,他母亲则啧啧咂舌,摇着脑袋。外公受到鼓舞,缓过气后威严地清清嗓子,进一步作解释。说起来,他们是一对天体崇尚者!简直臭名昭著。应该管他们叫什么?弗洛伦斯?天体崇尚者?是裸体主义者,爸爸,兰佩的母亲会说。她的纠正遭到了无视。况且,他们根本不是什么裸体主义者。噢,神,他们当然是,一对裸疯子!你是开玩笑吗?兰佩,你肯定听说过。这彻底证明了你在那附近转悠时就像个张着嘴的白痴,只知道低头盯着自己的一双鞋前后移动。他外甥和全世界都知道他俩是一对裸疯子。只要天气允许,她会光着身子满世界乱窜,默迪粗野地在她身后追击,手里握着他的小弟弟!他们屋外的弯道上总有许多汽车撞至报废,因为人们的视线被钉在布丽迪甩上甩下的奶子上,或者默迪弹来弹去的蛋蛋上。兰佩笑得头晕目眩,泪花连成一条线往下流淌。

兰佩骤然意识到詹姆斯·格罗根没再对他说话,而是跟出现在身旁的另一个护士聊着。这位护士来自国外,身材矮小滚圆,总是一副戚戚然的样子。她正在抱怨,这太荒唐了,太荒唐了。詹姆斯·格罗根说,不要担心,做好你的本职工作,不要多管闲事。外国护士一边摇头一边走远了。兰佩想不起她的名字,但他记得那个名字听起来是爱尔兰式的,叫作玛丽,还是玛瑞,还是玛利亚之类的。勤杂工帕齐·福克斯已经将载满老年人的巴士开了过来,停靠在活动室的大门边。帕齐钻出巴士,冲兰佩眨眨眼,站在詹姆斯·格罗根身后傻笑。詹姆斯·格罗根又对他说,好了,兰佩,都清楚了吧?兰佩回答,是的,不用担心,没问题。

雪霁云散,苍白的凸月衬在青色的晨光中尤显怪异,似乎不应该出现在那里,正如一位痛饮了一夜啤酒后漫游归家的女士,一脸苍白倦容,浑身上下苦不堪言。仪表盘上的温度读数指在零刻度。巴士后部传来含糊的闲聊声。柯林斯先生坐在驾驶室附近,从他的位子上探出身子,讲起自己在伦敦当巴士司机的时光。他每天经过的街道与道路。他所知道的所有巴士路线。他不知道自己是否仍然认得出,不知道是否有机会故地重游。他或许本应该留在那边。他在本地也开过巴士,给爱尔兰交通局打工,一直干到退休。至今,这项职业在沿海地区都算安全，没有那么多黑人和流氓。虽然我们还是要跟公司分账。柯林斯先生旁边的女士让他别说了，他却不予理睬，继续滔滔不绝。他已经第七次还是第八次告诉兰佩，关于他有一次在贝思纳尔格林被抢劫的故事，一个家伙将冰冷的匕首抵在他的脸上，然后抱着投币箱逃之夭夭，却没碰他的钱包。那时候司机与乘客之间还没有隔板，正是这次经历让他下定决心回到家乡。他被允许将两地的服务年限叠加起来计算退休金。谢天谢地，因为只有这样他才愿意退休。另外，兰佩，知道吗，那时候在伦敦，巴士司机比垃圾清洁工赚得还少。不过即使让他再选，他依然不愿改变过去的一分一毫，包括被抢劫的那次，因为这个经历对他的余生有益，让他多多少少有点刀枪不入的意思。柯林斯先生还在讲个没完，但兰佩无心去听。车速指针升高了五格，室外温度的读数下降了一格。

过了库德里，道路开始下坡，弯弯绕绕的窄路旁栽满西克莫无花果树。路上铺着落叶，霜冻将发酵后软糊糊的树叶冻得梆硬。兰佩把持方向盘的指节变得苍白。坡道尽头是三条岔道，在岔道前距离康恩·凯莱赫家五十码的地方，这辆让兰佩的老板债台高筑的大奔开始左右摇摆，这让他霎时心悸不已，沉重的心跳如不规则的鼓点。他想不出该怎么办，于是干脆放空大脑。但他的双手不由自主地握紧方向盘，脚自动松开油门，轻轻踩到刹车上。在牵引力的控制下，大巴车滑过康恩·凯莱赫家的高门，打滑的轮胎重新抓牢冰冷的路面，防抱死系统将大车的速度减缓到合适的水平。兰佩夹紧的两半瘦屁股松弛下来，心跳也恢复到正常的窦性节律。

柯林斯先生在一旁说，噢，上帝呐，谢天谢地，你控制得不错，小伙子。天呐，你办到了。身后一个尖锐的声音说，嘿，嘿，开车的，长着一对大耳朵的，就是你，你想让我们陪你送死还是怎样？仪表盘陡然亮了。所有的灯光同时开启，包括蓄电池、油箱、防抱死系统、过热警告、手刹警告、安全带警告、充气囊警告。一段黄色文字在闪烁，*车载电脑故障*。紧接着，*跛行回家模式*。这台几乎要了詹姆斯·格罗根老命才买下来的全新奔驰迷你巴士喘息着减速至轻快的步行速度。

发生什么了？嘿，大耳朵，怎么回事？以上帝的名义，搞快点，不然我们会错过水疗。最好别因你的愚蠢让我错失今天的水疗。柯林斯先生转过头，叫自己的老伙计安静点，以上帝的名义，快闭上嘴，这根本不是小伙子的错，是巴士本身出了毛病。这些现代玩意就是不可靠，太多乱七八糟的零碎部件。微芯片什么的。任何该死的玩意，只要是人为设计出来的都会出毛病。就算是一辆贝德福德 240 型大卡车，也不就是一台发动机、几个轮子、一个坐椅吗？你还需要别的什么吗？另一个说话了，我要赶快去一趟洗手间。又有一个人发言，啊，现在他不是大耳朵了，他的头围惊人，这是我见过最大的一颗脑袋，绝无戏言。另一个人在叫，玛格丽特，玛格丽特，你能去外面的板条屋看看吗，我是否把拐杖留在屋里了？

柯林斯先生从座位起身，佝偻着站在他的咫尺之内，眯缝起眼睛瞅着那些仪器，一字一句地朗声念出上面的文字：跛行……回家……模式。要命了，以这个速度一瘸一拐地回家，这一路又要老好几岁呢，你不如找个地方停车算了。兰佩听到身后一串粗哑的嗓音以讹传讹地接起龙来。柯林斯先生的原话是：跛行回家模式。一个老伙计说，跛行回家模式，那是什么意思？谁要跛着脚走回家？我要是跛了腿，除了游泳池哪儿都不去。嘿，大脑袋，到底谁要跛着脚走回家呀？一些人哄笑起来，但有一个人，他确信是科因太太，却在说，嘘，别再捉弄这个男孩,他已经够烦了,你们还要抱怨,表现得像一群冒失的老顽童。柯林斯先生说,冷静点,小伙子,小心翼翼地开,留意下温度计,别让车子温度过高,否则很容易烧坏缸头垫片。小心,小心。

感谢上帝,暖气仍在工作。不过他将温度调低了些,因为豆大的汗珠开始在额头凝聚。一种窘迫感油然而生,但他却不知道从何而来。虽然明白自己应该转身对老家伙们说点什么,告诉他们一切很顺利,不用担心,会将他们送达,但他无法在头脑里梳理好语言。油门一点反应都没有,除非他完全松开,这时巴士会减至龟速。康恩·凯莱赫家的院子就在路边,他稍微开过了一点点。周五的这个时候康恩不会在家。不过兰佩知道,他可以在前面的老乳品工厂掉头,将巴士留在康恩家,然后打电话给米基·布里亚斯,让他闯进疗养院将旧巴士开过来。兰佩就可以将老家伙们尽快转运走,他心想,旧巴士没有任何毛病,一切良好,不消二十分钟就能重新上路。前提是米基别犯浑。

他伸手进口袋掏出手机。有人在说,哦,神呐,注意,他掏出了手机。柯林斯先生说,现在要小心一点,可别遇上警察,他们一看见你开车打电话,就能拉你进监狱。兰佩抑制住想要冲他尖叫的原始冲动：*闭上你的臭嘴！闭上你的臭嘴，行不行?!* 米基·布里亚斯的电话一直响铃，但无人接听。兰佩想知道他到底在搞他妈什么鬼才不来接电话。兰佩想象米基将手机拿得离自己远远的，低下头眯眼瞅着手机，发现兰佩的名字出现在屏幕上，出于某种泄愤、心不在焉或不情不愿，他缓缓接通了电话，似乎兰佩是闲来无聊，或者米基和他的外公这类疯子会在大脑里认为他有奇怪的打算。终于，米基的声音传了过来。兰佩问他能否去取那辆旧巴士，并将其开到他所在的地方。听完前情概要，米基说，我喝了不少酒，不过问题不大。你这个麻烦精，你就不能不要每次都把车弄坏吗？兰佩深吸一口气，握紧拳头，克制情绪，让自己尽力配合，他说道，唉，你也知道我这个人。米基说他要去取旧巴士了，很快就过去，他俩要做的就是将所有人转运，如果没被格罗根家的瞧见，除非必要，他一个字也不会提，因为那家有找人背锅的恶习，即使没有任何人应该受责备时也一样。周五的这个时候，他家的人应该不在那里。真可惜，他将错过《午后秀》的辣模。没办法，人就是无法两全其美。坚持住，我火速赶往现场。

米基说到做到，他抵达现场时，兰佩刚刚将贴着防晒膜的大奔利落地倒入康恩·凯莱赫的工具间侧面的分隔区，并根据米基的建议将钥匙留在左边后轮的顶上。米基承诺会给康恩一定的经济补偿。转运进行得很顺利，大伙并未过多抱怨，手杖和手提包很容易就各归其主。柯林斯先生宣称自己更乐意乘坐旧巴士，这是目前为止相当中听的一个提议。他就站在米基身边，察看这辆奔驰大巴的引擎室。两人不约而同地摇了摇头，表示无可奈何，米基说，只有神知道了，任何问题都有可能，要我说，得叫美国国家航空航天局的人来研究一下，不过更大的可能性是让康恩用锤子对它敲打一番，惊吓之余它就会重新发动。柯林斯先生哈哈大笑，对着充满新奇概念但缺乏完整性的烦人发动机挥舞着自己的手杖。米基扶着柯林斯生登上福特全顺侧面的踏板，说他马上会联系康恩，无须担心别的事，只要将剩下的人一一送到目的地。这辆福特全顺是状态最好的一辆车，油箱半满。如果他当年据理力争，他们仍然会将它作为主力运载车。现在你快走吧，好小子，别忘了是谁给你雪中送炭，再告诉你外公一声，我有事找他，他还欠我二十。兰佩出发了，车速更快，重新上路令他松了口气。等将柯林斯先生、德里斯科尔先生送去水疗，布里奇斯太太、科因太太送去理疗，再将钱伯斯夫妇送到他们女儿家参加每周五的聚餐后，这辆车几乎就空了，只不过闲置的时光是短暂的。钱伯斯夫人重新登上车后，总是哭哭啼啼：我们为何不能留下过夜呢？为何不能留下过夜呢？

每天夜里，大家用完晚餐后，外公就坐到壁炉旁咂吧嘴，屋里迎来了一段静谧的时光。火焰噼啪作响，时钟滴滴答答，妈妈富有节奏地捶打着面团。暮色四合，月光越发皎洁。兰佩的眼皮变得沉重，他在沙发上摊开手脚，有时会眯上一觉。一边开车，兰佩就一边想着家里，想着外公和母亲，想着延伸至远方的未来岁月，那么单调乏味，一片混沌。他会永远陷于这样的生活吗？驾驶小巴车，坐镇活动室，更换床单被套，与行将就木的老人说话？他不禁想要以某种方式让灵魂出窍，让这一个他并不了解的安静的、满心悔恨的陌生人替换自己，占据这具肉身。他本应该留在校园，虽然他选了本不该选的课程——土木工程，并放弃了读英文或新闻的想法，因为所有男同学都选了这个课程，或者其他类似的。但无论重读多少次，他从来没有学明白过。至于真正想要做的事，他从未对任何人提及。

如果他取得了学位，有一份体面的工作，每周赚大把的钞票，又或者每个月——工作越体面，领薪的频率越低——克洛伊也不会离他而去。但他搞不定数学。交上去的作业总是以低分和满篇飘红回到他的手中。与他形影不离的库奇·瑞安试着帮他补习，但他看得越多懂得居然越少。他简直不敢相信为了理顺一个知识点，居然要付出那么大的努力。但接着又出现了另一个知识点有待他去理解，有待学习的知识排起了长龙，绵延至世界尽头。有一天，他告诉库奇第二天别费神来找他，两人周二在训练场上碰头。如今库奇和另外一些小子即将拿到学位，成为真正的工程师。在校外厮混时，他们的一些笑话他根本听不懂，几个月后，他越来越少与他们碰面。现在他连曲棍球也不打了。他跟奇安·戴拉哈提之间的裂痕一直没有修复，一种尴尬的气氛，糟糕的感觉和难堪依然横亘在那里，令他无法面对。

克洛伊提出分手后,他申请了加拿大一个矿井下的工作。那时候,这个行为似乎有点英雄主义的意味,几乎可以称得上浪漫。这个念头像一个庞然大物,掩盖住克洛伊离开他所留下的轻微反胃感——腹中被什么啃噬着,虚弱不堪。只不过,外公让这个主意听起来蠢透了,还令人难堪。下到一个矿井里——在哪儿来着,这个奇怪的地方?安大略北部?耶稣。我可以翻遍远至莱特拉夫的采石场,看他们是否有你要的东西,如果你打定主意要去打碎石头,这地方还不能满足你吗?外公拨了拨一块燃着的泥炭,气呼呼地将用于阅读的老花镜取下又戴上,这一秒作势要走,下一秒又坐回椅子上。他唯一只做的就是瞅着对面外公那张怒腾腾的红脸和满载爱与奉献精神的耶稣式悲伤眼神,在外公的咄咄逼人之下极力保持耐心。

你哪儿来的这个荒唐的主意?是我自己决定的,不是受谁影响。不过有个哥们也要去,迪恩·凯利。凯利家的?活见鬼。那一屋子人都是怪胎,没一个打过曲棍球。本地工作多得是,鲍比·马洪正疯狂招揽年轻人为自己打工。真搞不懂你为什么要跑到北极去。那里跟北极差了十万八千里,我想多见识一下这个世界。世界?

大半个世界不就在脚下吗?如今,想要见识世界,你只要上镇里一趟。你们这一辈应该更多地留在本地,娶一个姑娘,生几个正宗爱尔兰小崽,以免那些外国佬靠生育率将我们挤走。不管怎么说,你去的那个冰天雪地、爱斯基摩人满地跑的地方,有什么好看的?那里没有爱斯基摩人。当然有。你可以跟他们一起住在冰屋里。他们全都住在冰屋里。他们有专门的员工宿舍。当然有,有雪造的冰屋。他大口吸气,然后缓慢吁出,反复几次直到怒火平息。两人沉默地对坐,其间妈妈在房间里忙进忙出,口中不停地哼唱小调。然后外公用笑话将空荡荡的空间填满。

嘿,我们正在聊这个话题,你把用积雪垒出来不带卫生间的房子叫什么?一间因纽特冰屋!说到雪,我有没有告诉过你那个贫穷老太太的故事?去年,我碰上一个倒在雪地里的老太太,我猜她穷得叮当响——钱包里只有五十四欧分!他爆发出一阵狂笑,有时候外公就是个无价宝,讲到兴头上时,他的笑话能化解一切。克洛伊、安大略和其他一切暂时都变得微不足道。外公有本事当场编故事,奇谭、荡妇外加一点押韵的短诗,让你很难不笑得上气不接下气。就像几周前,他正在前院清洗那辆思域，外公在后院蹑手蹑脚地将靠在工棚外侧的一个个装原木的袋子摆放整齐，又把玫瑰花丛的枝条都栓回花棚架上，这样它们就能经受风吹雨打。出于某些原因，外公绕到前院来。他注意到外公将雨衣前后穿反了。外公低头看了看自己的雨衣，然后抬头对着兰佩唱起了歌：

> 我的蛋蛋长在了屁股的地盘，
> 你瞧，害我衣服穿得前后颠倒，
> 我的蛋蛋长在了屁股的地盘，
> 害我衣服穿得前后颠倒！

兰佩不得不停下手里的动作，放下他的软毛刷，努力让自己别笑弯了腰。往下数两扇门的那户住着德兰尼夫人，她站直身子正朝这边望过来，两条眉拧到一起。外公十分粗鲁地冲她晃动手指，然后用带点嘲弄的尖厉嗓音打招呼，嗨——然后继续站在湿漉漉的前院唱起现编的小黄歌：

> 我找医生去看病

看有没办法治好我的病。

医生抬眼把我瞧,
他说,你把前后弄颠倒!
我说我知道,这肯定一目了然
蛋蛋长在了屁股的地盘,
医生道,既然如此,那我就是,
一个蛋蛋长歪的老浑蛋!

我告诉他,我生来如此,
这难道不是悲剧促使?
世上哪有男人跟我我我我类似,
他他他他的蛋蛋长得前后颠倒?

外公对最后两段十分得意,将歌词反复念唱,他反穿防水长裤,脚蹬惠灵顿雨靴,手套园艺手套,身披夜光外套,活像一个来自古代的疯狂歌剧演唱家。兰佩笑得快吐了。

听到外公与母亲谈论安大略那份工作的那天,他将计划全盘取消。他以为我为什么要累死累活买下这栋房子？为什么我要在国外工厂额外再工作三年，把背都弄伤了？主，我交给地方议会那么多钱就是为了将这地方置于我们的名下，不用担心流离失所。结果呢，还得自己支付正门围墙和新屋顶的费用，与此同时，街头上那些闲散人员却不用付一个子儿。他以为我这么做是为了什么？是为了给他留点东西，从属于他的东西，让他赢在起跑线上。在国外，没人会给他一所房子，只会榨干他的价值，从背后把他猛肏一顿，让他将半条命交代在一个地洞里。外公蚊蝇般的低声细语搅乱了他的脑子，怒气与愧疚弄得他的肠胃翻江倒海，疼得像火烧一样。

  他要如何告诉外公，他希望寻找到一个对男人的评价标准与众不同的地方？不要与财力、运动能力或所居住的城镇街区挂钩。还是说，这是放之四海而皆准的标杆？他希望抹掉过去、地址，仅仅只是一个爱尔兰人，不是来自这座小镇，或别墅区，或排屋公寓尽头门柱坏了的那幢屋子。他希望用一个浪漫故事来解释父亲的缺席，说他在某个地方销声匿迹，可能在执行特殊任务，最后一次被目击时正在穿越阿富汗的一个隘口，或沙漠，或泛滥的河流。矿井下，只有迪恩认识他，他可以随口胡诌。迪恩不会认为他想改写自己的人生有什么好奇怪的，更不会对他评头论足。他会说，耶稣啊，你可真是个大话王。然后对兰佩刮目相看。不管怎样，他选择了临阵脱逃，所以一切照旧，迪恩孤身前往。对于被兰佩放鸽子，他表现得足够有气度。他说，哈，我刍，兰佩，我本应知道你会背弃我的。我刍。兰佩只能说他很抱歉，他不能抛下外公和母亲。于是迪恩说，没关系，别担心，我会好好的。事后，他不禁好奇迪恩说本应该知道他会背弃他时到底是什么意思。他在脸书上见过一张迪恩的照片，只见他身穿藏青色连体工作服，戴着看上去沉甸甸的头盔，笑容满面地跟一群男人站在一扇纱门前面。照片底下有一行字：深入地下。见到这张照片时，兰佩真希望自己有胆量一同前往，让自己降到地壳之下。

他在水疗中心门外泊好车,下车绕到另一边,将迷你巴士的车门滑开。他看看对他满脸堆笑的柯林斯先生,又看看坐在柯林斯先生身后的德里斯科尔先生,后者正对他摇头,并说道,现在他们不会接待我们的,你本该在抛锚的时候就给他们打电话,现在事情都给搞砸了。科因太太说,该死,你能他妈闭嘴吗,你不过是要在泳池里蘸一下屁股,他们多的是水,又不会把水抽干。柯林斯先生和钱伯斯夫妇咻咻地笑开了花。兰佩也笑了。德里斯科尔先生没有回嘴,比起生气,他的神情更像是羞愧。他慢悠悠地从座位上站起来,身子沉沉倚靠在手杖上，跟随柯林斯先生走到侧面活动梯前。兰佩调整它让它下降时，他紧紧地抓着扶手栏杆。兰佩一只手扶着他的胳膊，帮他从坡道下来，他直勾勾地看向兰佩的眼睛。兰佩从中瞥见了什么，一种不可名状的东西，像是祈求着什么，但又说不清道不明。下一秒，那种感觉消失无踪。德里斯科尔先生眯起眼睛说道，谢谢你，大脑袋。他紧随着自己佝偻的老伙计们一起穿过水疗中心的大门，其间停留了一小会儿，冷漠地表扬了为他们开门的肌肉发达的侍者。

科因太太约定的理疗室在同一栋建筑的另一片区域。他们大概能步行过去，因为她虽说有关节炎，需要治疗的髋关节或者别的什么需要做理疗的毛病，人却生龙活虎。不过他不能冒险将钱伯斯夫妇单独留在迷你巴士里，就索性将车绕过去，将科因太太送达接待点。她扶着他的手作支撑，他感到难堪，进而意识到感到难堪是一件多么荒唐的事。她称他宝贝，告诉他别为那个糟老头烦心，他也根本没长着一颗过于丰满的脑袋和一对大耳朵，而是一个面容可爱的男孩，就是如此，那个老头仅仅是出于嫉妒。他抬脚要走时，她再次抓住他的手，将他整个人往下拉，这样他便躬身与坐着的她平齐。她伸长脖子对他耳语道，你瞧，原因在于他死之将至，他害怕了。而你还有漫长的前程。他希望自己能从头再来，像你一样，有大把时光可以挥霍。

离钱伯斯夫妇的女儿家还有十五分钟车程，他们已经迟到了十五分钟，因此兰佩知道，他必须先给疗养院打电话，让他们再去电话通知那个女儿他会迟一会儿。之所以这么做，是因为如果由她来电话询问，就不免一番小题大做，他就必须解释巴士抛锚的事。他想做的不过是完成接送任务，回去疗养院的活动室尽职，然后在六点左右驾车接回钱伯斯夫妇。他会在下班后再告诉格罗根家的人有关巴士的事，因为现在他一点儿也不想听到詹姆斯·格罗根装腔作势的口音，质问他，到底怎么回事，劳伦斯[1]？他将**到**这个字拖长，就像是有磨损的垫片接近圆盘制动卡时的噪音，让人抓狂的那种声音。见鬼的格罗根一家，还有他们的狗屎新巴士。他们很可能是从一个报废车商贩手里买来的，车子大概在北部或英格兰之类的地方报废，所以不用报关，过关后再组装回来，重新上牌。就像他们在护士、护工、食物、清洁

---

[1] 兰佩为劳伦斯的昵称。

用品以及上帝知道的其他方面都能省则省，偷工减料，把每个人的劳动力榨取得干干净净，叫他既监管活动室又驾驶迷你巴士，但实际上无论哪一项工作他都缺乏资质，另外，说起来，甚至都没给他参保。然而詹姆斯·格罗根来自历史悠久的骗子家族，这家人都是些一口白牙、皮鞋锃亮的牧师、政客、店主、拍卖师、会计、地主和建筑开发商。兰佩就没有如此家世，并非如此贵胄。

布丽迪回话了，没问题。他让他们知道他已经在路上了。兰佩一吐一纳，让自己放松下来，专注于驾驶。柏油路面上偶尔有些反光，仪表盘的度数是-1度。他身后，钱伯斯夫人哼唱着婉转的曲调，是一首他所熟悉的歌，但他记不起歌名。他从视镜里看到她闭着双眼，她的丈夫望着窗外，自顾自地微笑。她的头向他贴近，额头几乎枕在他的肩膀上。他知道，他俩都有些痴呆。但他仍旧喜欢看着他们。他好奇徘徊在生死边缘却不得不度过平凡的每一天是什么样的感觉？会时不时不由自主地升起恐慌情绪吗？会对死亡的一刻那感到害怕吗？他最怕的是死前的那一刻，意识彻底终结的一瞬，肺部一阵窒息，渴望空气的灼烧感，或心脏的战栗，脑血管瓣膜怦怦地跳动，脖子的断裂，或下坠时来自桥墩的冲击，冲刷过面庞的空气，又或是从城市逆流而上、回到源头的滚滚黑流的冰寒刺骨。

钱伯斯夫妇的女儿站在自家前院里正在低速空转的巴士旁边。车道旁一排巨大的常青树为花园筑起堡垒，将它与大路隔离开。这是一所装了许多面窗户的红砖大宅。敞开的门洞里站着一个八九岁的小孩，脚下三级台阶之下就是沙石路面。兰佩下来帮助老夫妻下车，那个女儿向他道谢。她容貌姣好，却面露疲态，紧身牛仔裤搭配一身绷紧的连帽衫，样子比他所记得的更年轻，身材十分火辣。前几次接送老夫妇时，他不记得注意过她的身材。可能她之前穿着宽松的衣服。在冷空气中，她抱臂而立，两条手臂贴在胸部下方，紧紧地交叠在一起。她看了看他的T恤，说道，你的内火真旺。他花了好一会儿才意识到她的意思是他穿着热天的衣服。她有些不同寻常地又盯着他几秒钟。他琢磨着，她是否就是那种嫁了有钱丈夫，但因为对方压力太多或过于肥胖而欲求不满的中年熟女。他觉得自己又硬了。钱伯斯先生几乎是被他从活动梯上拽了下来，然后他砰一声关上了滑动门。

现在兰佩·尚利的车里终于空了。他只需要将车慢悠悠地开回理疗医院,等候在理疗中心门诊部做治疗的科因太太,然后绕到水疗室接乐活先生和糟糕先生,接着去接钱伯斯夫妇,最后将他们一股脑送回疗养院,停好车,给格罗根留一张纸条,告诉他大奔留在了康恩·凯莱赫的院子里。或许他们会称赞他对整件事的处理得十分妥当,赞赏他没有拿这事打扰他们,而是打电话给米基·布里亚斯的决策,机灵又高效地将事情解决了。做完这一切后,他就可以回家,察看思域的汽油、冷冻剂和制动液的剩余量,给车内做一点保洁,检查手套箱里还有多少只避孕套,再拉泡屎,刮胡子,冲凉,仔细清洗私密部位,因为他还不知道埃莉诺会怎么跟他亲热,又准备对他采取什么攻势。他感到兴奋得冒泡,从后视镜里观察自己的容貌,觉得自己看起来状态不错,像是一个好好完成了白天的工作,有一个良辰佳夜等在前方的小子。随即他听到了一个声音,仿佛她就在迷你巴士里,坐在他身侧,拨开沾在脸蛋上的金发,对他眨着蓝绿色的眼睛。对不起,兰佩,不是你的问题。是我。我只是不爱你了。我不爱你。是克洛伊在说话。

他低头看自己握在方向盘上的手,然后是显示-3

度的仪表盘,继而去看空荡荡的冰冷路面,沥青路面的碎石之间已经结起水纹状的冰霜。路面由此变得湿滑,削弱了车辆的抓地力,冷酷地阻碍着旧巴士磨平的轮胎继续前行。道路前头的拐弯处,一间古旧的磨坊露出了人字墙的一个角,是 V 字形箭头的顶角,看起来古朴,厚实,牢固。他不再能听到发动机的声音,轮胎轧在路面的沙沙声,穿过门缝的风的呼啸,耳朵里唯一的声音是他的心跳,强劲有力,富有节奏,怦怦地大声回响。道路两旁的灌木丛中伸出仿佛细长手指般的荆棘枝条,它们曲折着,似乎在指责或嘲弄,也许两者皆有。灌木丛很快裹上了银装,雪影斑驳的草地边缘也打上了寒霜,除了他自己,全世界都仿佛停滞了。他就在这个停滞的世界里疾驰,右脚将油门踩到底。他听到吉姆·吉尔达在他家门口对外公和妈妈说,劳伦斯出了一场车祸,就在磨坊那儿的破弯道,他的车在冰面打滑,非常可怕的意外,非常、非常可怕。

磨坊人字墙的尖顶还在一百码开外。他看到母亲站在窗前眺望,搜寻他的身影。他看到她添了岁数,身高缩水,佝偻成一团,脸上皱纹丛生。他看到她已经六十五岁,成了一个悲痛了二十年的母亲。她的头发花白,细弱，挽成一个发髻。她的容颜不再。他知道她从前是个美人：小伙子们总是为此而贬损他。他们的母亲有些长得不忍卒睹。她自己保养得很好，常常散步，游泳，参加有氧单车课程。偶尔跟一些红着脸赔礼道歉的男人约会。她曾经跟一个在医院工作的外国男人一起驾车出游。虽然有那些他俩陪伴左右的时光，他睡在她怀中的夜晚，但他想到自己对她其实知之甚少。他想象她在说话：他走了二十年了。他看见她同外公两人沉默地坐在桌边。然后外公不见了，她一个人在说话，你知道吗，爸爸的心结一直没解开。这句话刺中他的心脏。随后，他的心跳慢了下来，轮胎恢复了压过地面的刮擦声，一同回来的还有发动机的轰鸣，穿过失效密封条的风声。他将踩在油门上的脚放轻，踩刹车顺利转过弯道。磨坊的人字墙在他的后视镜里渐行渐远。他心想如果他在水疗中心等待乘客时一直让发动机空转是否太浪费汽油，但熄火他就没暖气了，他只带了连帽衫，没带帽子。他又纳闷起来，为什么要为格罗根家的汽油操心，去他们的吧，不过这可能源自习惯的力量，因为他总担心那辆思域的油量，不知道够不够开回家。闹油荒时，他总是从外公的便携汽油罐里取油，当他将油灌入除草机、草坪修剪器或他的电锯时，总能听到外公在后门冲他大吼，喂，色坯，是不是你把我最后一点好东西用光了？兰佩总是被色坯这个词逗笑。这是外公最恶毒的咒骂，只有在遭受最过分的冒犯时才会使用。他会步行去托帕兹加油站将油罐重新装满，一回到家，外公会从他手上一把夺过油罐，骂他是个混账。不过这时候外公的气都消了。在等待油送回来的时间，他会摘下枯萎的玫瑰，或是扯掉犄角旮旯的杂草，或者观察天那边的一只雀鹰，看它高高地悬停在天空中，伸展双翼，预备俯冲下来猎取地面的小生灵。

约翰

上帝就在那儿。瞧,上帝就在那儿,你看到了吗?我知道那不过是金星,但我也可以将其称作上帝,一颗高悬在我们头顶苍穹的完美球体,宛若绽放的火焰,对着初升的月亮眨眼。既然上帝是万物,那当我仰望星空时,也能看见他在闪烁的白光中心现身。穆斯林男孩们说万物都是神圣的,无论悲戚、世俗,还是波澜壮阔。基于我的所作所为,我又同谁去争辩呢?严寒让他愈发耀眼。可以说,我不过是其展示全能的一个工具,是被命运捉弄的可怜虫。可以说,我自身、我的思想与行为,都是微不足道的:我不过是一名只会死记硬背的演员，念着既定的台词。天主啊，我希望事实如此，这样就没有忏悔的必要了。我们会在此处安息，彼此陪伴左右。

过去的我是那么稳重而强健。如今的我，活力只存在于思想。我所在的这个摇摇欲坠的地方，这个虚弱的共和国，即将垮台。去国之前，我有些话必须说出口。我感觉到天使们喷在我后颈上的鼻息，味道陈腐不堪。我敢说，他们是来自另一边的军团。哦，神父，神父，你愿意倾听我的忏悔吗？如果我对你低声述说，你愿意听吗？我对那些仪式，那些曾镌刻在我脑海中，每次闭上眼就闪亮出现的文字，都不再熟知。你瞧，我总害怕将它们说错，让口头上的谬误成为印在天堂卷轴上白纸黑字的罪责。我想，我会因此受到地狱之火的永恒炙烤。噢，主啊，噢，我的信仰之物啊。在我最初的一段忏悔经历中，想来可能是我的第一次，我记不起《小悔罪经》怎么念。快点，神父说，我可没那么多闲工夫。快诵念《小悔罪经》。我一言不发，注视着膝盖前的地板和他油亮的黑皮鞋尖。他端坐在教堂靠背长凳的末端，我跪在阿德纳默尔教堂的过道上，教堂距离我上的小学有一段投石的距离，跟我父亲的屋子隔着一块草场。那时候我们还没有忏悔室，几年后是我付钱装上的。忏悔室由沉甸甸的桃花心木组装，隔间之间装有不透明的网格，为忏悔者的膝盖准备了软垫，为他们的屁股提供了柔软的坐椅。不过这位神父不会知道有一天我会成为一个慷慨的骑士。他又老，脾气又坏，但并没有坏心眼。我想你们在学校都学过这个吧？学过，神父，我小声嘀咕。你说什么？学过，神父。那好，那你怎么背不出来？我不知道，神父，就是记不起来。记不起来吗？要有信仰。或许教的时候你没注意听。我也许该去跟费伊小姐谈谈你的情况。现在，我再给你最后一次机会。

可我连一句《小悔罪经》都记不起来。就在几小时前，我们像一群羔羊被驱赶着去接受考验之前，我还在学校里轻松吟唱过。他的大红脸盘，胡须斑白的下巴，黑黢黢的教士服，锃亮的皮鞋，以及仿佛天降蛆虫似的发酵般的体味，合起伙来搅得我哑口无言，头脑一片空白。他一点儿提示的意思都没有，但我知道，如果听到开头一句，我就会全部记起来，然后清晰干脆，绝无停顿、发抖或震颤地念出来。他说，如果你无法念出《小悔罪经》，那我也无法为你赦免，因此你离开这里时，心头仍旧压着沉重的罪愆。行了,你起身吧,去找你的同学们,看看你的内疚会如何将你压垮。与其他牢记下经文、倾吐真话的忏悔者一同跪在受难基督的面前时,我想到自己打破了戒律,根本无颜面对,于是垂下了头颅,避开上帝之子的痛苦脸庞,也不去看他被钉穿的备受摧残的躯体。我的嘴巴一张一合背诵起赎罪之词,想到自己这是罪上加罪,因为跪在这里的我假装已经被赦免。我等待那位老神父用他毛茸茸的手抓住我衬衣的后领,将我揪起来,穿过教堂大门,拖进寒冷的庭院。

关于孩童的恐惧与尘封岁月里的愚钝就说到这里。我将对你低述自己的罪行,你可以倾听,这间忏悔室既精美又开阔,不像有时我们所使用的直立棺材间。我们周遭的静谧是那么深沉,似乎是为了达到什么目的——充满期待的屏气凝神,是为了搜寻一个恰当措辞,一个安慰的手势,振奋人心的微笑或颔首而产生的停顿。祝福我吧,神父,因为我罪孽深重。我会一件一件娓娓道来。罪列并不长,但每一件都可能包含上百个碎片,甚至更多。

这是我本人的忏悔录，不是我父亲的。我呈上来并不是为了博取同情，只是为了作解释。我父亲失去了自己最爱的头生子不久，开始买入土地。这么做仿佛是为了给他自己无垠的悲伤提供安居之所。如果有机会，他会买下整个世界，并将它荒置起来。他不断开拓我们家的农场边界，上至山谷两边的岩壁，向下穿过主干道和安娜霍尔蒂的沼泽，直达守护者山的山脚。他购买肥沃的土地和放牧用的绿色草场，他购买好几英亩乱石丛生的矮木丛与荆棘，他购买从守护者山与母亲山之间流过的戴德河冲刷出的洪泛滩区里毫无价值的沼泽地。他参加每一场拍卖会，男人们见他入场，都会翻白眼，一个个投降，因为他们深知无法超过他的报价。过世单身汉的那些侄子们都无心恋战，他们会确保拍卖会速战速决，价格也实在。有一天，我见到他在新港附近一间酒吧的吧台上，与一个目光呆滞、醉得口齿不清的红脸男人一杯接一杯地喝威士忌。我看到他放下一沓钞票，手指在上面敲击了两下，然后推到那个醉汉的鼻子底下。只见醉汉伸出手来握手，称赞我父亲是一个正派人，并为其健康干杯。我父亲微笑着拍了拍男人的后背，离开吧台和空酒杯，转身重新投入沉默的半衰期与温和的迷狂中。

许多年后，一个自称不信上帝的男人领我参观了一间银行的金库。那是一个矮壮的男人，但有其特有的英俊之处，拥有银色的发丝和笃定的眼神，笑起来魅力四射。他将一块黄金放在我的掌心，那是一块标准重量的金条，丝丝寒意渗透进我的皮肤。科学告诉我们情况应该截然相反，我身体的热量应该将接触到的金属部分焐热。看来，黄金有其独特的规则。我问他，这根金条价值多少。他回答说，四千镑。我当即从他手里买了下来。我向那位小炼金术士付了支票。他脸上挂着一如既往的微笑收好支票，将黄金放入一个捆扎好的袋子里交到我手上。我将金条放进一个密码箱，在设于我办公室地板下混凝土暗格里的保险柜里，将其保管起来。我时不时将它拿出来放到办公桌上，然后手指交握着观察它。无论什么光线条件下，它都熠熠放射出金光。有时候，我将脸颊放低，贴在上面，心想看到此情此景的人会认为我套在商务装里弯腰驼背，根本就是一个疯子。但办公室没安一扇窗户，大门也长年紧锁。我总是惊异于它冰凉的触感，惊叹它的冷感与其良好的延展性，柔软的天性极不协调。

很多时候，我将金条置于掌心，举起来，然后闭上双眼，想象自己所希望达成的愿望和微小的变形，当我重新睁开眼睛，手心上总是立着一只结实、温和的金牛犊，由来自黄金的某种魔法所雕刻，在这个暗淡无光的地方闪着微光。它出现的频率与我的祈愿落空的次数不相上下。现在，你对此怎么看？存在于地壳与地幔中的所有黄金都是从天堂掉落的。这是事实。在四亿年以前的一次大爆炸中，它们被从星辰之间，从一片黑暗中抛洒而下。

我哥哥的名字是爱德华。哦,神父,如果你见过他的话。他长得很漂亮,就连当时的我,一个被他指挥着在运动场角落里如幼鹅般晃晃悠悠的乏味小孩,也对他崇拜不已。我知道他是最得父母宠爱的孩子,但我不在乎。当然了,怎么可能是另一种情况呢?我向来能看到人们认为自己已经完美掩藏的东西,这是我一项可怕的本领。爱德华比我年长六岁,一直对我很好,对小亨利、茱莉和康妮也是同样。康妮比他小三岁,跟我一样对他钦佩得五体投地,只是更加狂热,奇怪的是,这份爱会令人不安。她跟在他屁股后面,从一个房间到另一个房间，对着他出神。在爱德华用功学习或者听收音机时，她就安静地坐在旁边，假装阅读。但我知道，她其实在看他。他有一个习惯，阅读时嘴唇跟着默诵，似乎是一个不擅长阅读的人，但他其实精于此道——他能读我父亲看不懂的书，有关科学、历史、所发生的一切，以及世界另一边的人们的生活方式。另一些时候，他会对着收音机里播放的趣事哈哈大笑，或惊讶地吹口哨，再或者被新闻惊得目瞪口呆。这时她会问，怎么啦？什么事？他会耐心向她解释自己被逗笑或感到惊讶的事情。她会说，哦，那真有趣，艾德[1]。或者，哦，真有意思，艾德。茱莉、亨利和我会捂着嘴偷笑。如果被她逮到，她会掐我们，并叫我们出去，因为我们打搅了爱德华。这可真不公平。

我不认为爱德华哥哥会犯罪。他打曲棍球和足球的样子会让老人们看得热泪盈眶。他学习爱尔兰语得心应手，就像别的男孩学习在渔钩上放饵，或者高抛曲棍球。在学习、举止和力量方面，他都是一个正宗盖尔人。学校的老师对他几乎有些嫉妒。一天，我们驾车去

---

[1] 艾德是爱德华的昵称。

瑟勒斯看郡青年赛的决赛,爸爸、作为队长的爱德华和我,三人乘坐在领航车中,车内还放着一麻袋曲棍球装备。通往森普尔体育场的道路蜿蜒曲折,我一路上都在盯着他看。他只是时不时冲我微笑,开玩笑地掐掐我的腿,或者轻轻在我胳膊上打一拳。他很安静,我想他一定是紧张坏了。瞧着他每一个造作的姿态,时不时的抽搐,说话的方式和闷声不响的样子,我知道众望所归让他倍感压力,虽然,如果你不像我一样对他那么熟悉,就绝对不会这么想。那天,他表现得仿佛神明护体,不断进球得分,被众人从地上举起来,掌声、欢呼声将他包围,甚至有的来自对方球队。坐在回家的车里,他的面色带着病容,有些苍白,他告诉我父亲感觉不太好。爸爸问是否要他将车停一下。爱德华说,不用,他会没事的。爸爸说,儿子,不舒服要告诉我。你打得太拼命了,感觉不舒服不怪你。

我们进到自家院里,下车时,爱德华的腿不听使唤,整个人瘫倒在一蓬细长叶的草丛上,当场殒命。心脏内部有一个驱动心跳节律的电信号。医生对它的工作原理知之甚少,至于其随机骤然消失的原因更是了解不多。唯一知道的是,在身强体壮的年轻人的心脏里,这个电信号有时候会断断续续，甚至毫无征兆地熄灭。这就是爱德华的情况：在从郡决赛回家的漫长路途中，这股小火苗不断熄灭又复燃，仿佛在他胸腔中进行了一场明与暗的交战。然而最终，当备受宠爱的爱德华从爸爸的车上下来，我母亲从厨房的窗口向外面张望，嘴角已经扬起欢迎回家的微笑时，黑暗取得了胜利。那晚我父亲站在外面的院子里，对上天破口大骂，而我的母亲面无血色地坐在爱德华床边的椅子上，手里拿着念珠。我爬到楼上，跪倒在圣室门外的地板上，将我父亲的咒骂逐字逐句地复述出来，表达出内心深处的真实情感。对着上帝，我诅咒，辱骂，说脏话，怒斥，至今从未对此后悔过。主不会拥抱我的清白之身，对吗，神父？上帝做着无尽的交易，他是一位一丝不苟的征收人。

　　主不会拥抱我的清白之身，因为我滥用他之名[1]。且绝非不自觉脱口而出的亵渎，如针对射门的球，翻开的纸牌，突发的倒霉事：我以此为乐；我清楚自己的话语与行为。某些人出于习惯的口头禅，我说出口却是出于恶毒的故意，并且乐享其中：上帝，毁灭吧；上帝，真

---

[1] 基督教十诫中，第三条为"不可滥用上帝之名"。

该死。诅咒你，上帝，我诅咒你。你知道如果我继续骂下去，事情会朝哪个方向发展。我痛恨那个嫉妒心切的上帝，他为父辈犯下的错误惩罚他们第三、第四代的后辈，就算与此同时他对千万人、对所有爱戴他并遵从他的诫训之人表现出怜悯，我却见过他的不义之举。就发生在我父亲的庭院里，就在我的眼前。

我的哥哥死在一个星期天，从此以后，这一天失去了它的神圣性。我父亲继续参加弥撒，并履行神圣日的职责，将钞票折起来放进教区神父的募集箱里，或者捐款给教堂作维护。我的母亲尽全力做好自己妻子的本分，常常陪伴在父亲身旁，或是站在他身后半步之遥。不过在我们农场的边界内，上帝并不存在。他被放逐了，被驱逐出境，有关他的一切虔信的摆设都被悉数销毁。由石头雕刻，铸造，或是黏土捏成的塑像，被砸碎在院子的石板地上。耶稣之心的画像被从相框里撕下来，相框则被折断，然后点上火，跟画像堆在一起烧掉。看着父亲将篝火拨得更旺，母亲对他说，有一天，同样的火焰会将你的血肉从骨骼上舔舐下来，血肉长回去后再次剥落，如此反复，直到永恒的尽头。我不在乎，父亲告诉她，我根本不在乎。于是我母亲不再对他说什么，回她的厨房做家务。只不过悲伤使她的容颜变得苍白，也压弯了她的腰肢。

于是我接管了家中老大的位置。我从不记得安息日是哪天，也不把它当作神圣日。我这一生中，总是在六天里完成我的工作，最后一天留给自己，奉献给我的嗜好。讲真，我这一生的工作中，最成功的部分都是在每周的第七天完成的。我的妻子、女儿，为我工作的男人们和女人们，上门拜访的每一个陌生人，都在那一天被我早早地叫起床，催促着完成任务，进而被折磨得疲惫不堪。上帝让自己埋首在创造天堂、地面、海洋及其中万物的工作中，到第七天才休息。因此他赞美安息日，将它奉为神圣的日子。而我将最无度的行为放在那一天去做。

我在父亲买的这块土地上生活的时间并不很长。我从未让他骄傲过，也没让母亲感到自豪。我仍旧尽力去做一个完美的儿子。我用功读书，阅读爱德华留下的已经翻烂的书，只不过其中一些读不太明白。我学习爱尔兰语和拉丁文，每天至少在球场上打一个小时曲棍球，不断抛球，接球，搞得自己精疲力竭，在那一个小时的最后几分钟，终于虚脱地倒在柔软的沃土上。我记得爱德华打曲棍球时,父亲常常喊得声嘶力竭,并会闯进赛场边线内,对裁判进行威胁,然后出于沮丧、气愤或是喜悦,将球棍从地上拿起一把折断。而在我打球时,他只是沉默地观看,然后闷声不响地接受比赛结果,无论是输是赢。有一天,我从更衣室出来,跟父亲朝我们的车走去的路上,他的手一直放在我的后背,我内心雀跃不已。接着我怀疑他这么做不过是因为邻居在场,这种疑虑让我的背脊变得僵硬,于是他将手拿开了。

我越是注意到他冷淡的态度——坐在远离场边的位置,双手插进外套口袋或者紧紧抱着双臂——就越专注于当前的比赛。正因如此,我参加的比赛从来都不顺利,我的过分刻意换来一个又一个愚蠢的失误。在本应像爱德华那样坚守阵地的时候,我却接球失误,要不就跌倒,疯狂地左躲右闪又或本能地退缩。很快我被轰到替补席,再也没有首发过,之后根本没有比赛可打。结果第二年我都没进入青少年队名单。我感到如释重负。我再也不用与他并肩坐在车里熬过归家的那一段路程,因为我哥哥的幽灵就沉默地坐在我俩之间。

我丝毫没有爱德华那样的勇气,但我尝试着让自己勇敢起来。我父亲曾经带我上镇子里帮他往路灯柱子上钉选举标语牌。他对一个叫约翰·乔·伯克的男人鼎力相助，希望帮对方获得一个席位，那个空缺缘自一位终身列席的老兵因故身亡。老兵没有儿子来继承席位，他女儿又没有名望，少被提及。我父亲希望用代理模式填上这个缺口。近来他很担心强制购买令已经箭在弦上，进而令他那块蔓生的土地残缺不全。所有想在爸爸控诉不公的广阔土地上修建公路、铁轨或房地产的计划，都可以仰仗约翰·乔·伯克让其化为泡影。

我那时十三岁，双腿修长，瘦得皮包骨，除了我母亲之外，其他任何人跟我说话，我很轻易就双颊涨红，不可救药地结巴起来。虽然我肩宽手大，体格健壮，适合干体力活，但动作却很迟缓，总是笨手笨脚：那个夏天我突然蹿了个儿，还没适应。有次在白银街街尾的自由市场，我爬上一把梯子。有两个男人站在市场远端角落那间银行外的栏杆边，其中一个隔着马路正对我的方向，一只脚踩在底层栏杆上，手肘搁在上面一层。他的同伴背靠栏杆，透过银行的落地玻璃门观看我干活。那儿是个十字路口，除了我和他们俩，一个人影也没有。那是九月的一个星期六清晨，太阳升起不久。我站在梯子第二高的那排横梁上，骄傲于自己的胆量，愉快地挥动锤子。即使在那个时候,我就已经摸透了街头小子们的路数,以为他们只是在那边幸灾乐祸地看着,直到脚踏在栏杆上的那位开始高声说话,一字一句我都听得清清楚楚。他问他的朋友,你记得那个故事吗,有关三个小共和党人内战即将结束时在德拉姆康德拉张贴海报的事?面对这个提问,他朋友思考了几秒钟,然后答道,记得,我记得是弗兰克弟兄跟我们讲的,愿他安息。他们不就跟那边梯子上那个男孩一样岁数吗?要我说,确实如此。是警队的查理·道尔顿还是别的什么人将他们射杀的?没错,就是查理·道尔顿,迈克尔·柯林斯手下的一个小子。他用一把充公的枪将他们打成了筛子,那群可怜的小毛孩!

他们嗤之以鼻地哈哈大笑,先开口的那个清了清嗓子,往马路上吐了口痰。当我低头去瞅对面的他们时,从银行玻璃门的倒影里看到背对我的那个人缓缓从自己的夹克里掏出什么东西,一个细长且黑亮的金属品。我的嗓子眼感到一阵窒息,双手握着锤子和梯子顶部的边缘,因为用力过度,指节已然泛白。恐惧令我的膀胱有点失控,一股暖意向私处涌来。这两个人准备射杀我,就像很多年前在都柏林被杀的小子们一样。而我父亲远在好几个街区之外，我的母亲在家中烘焙馅饼，一排香肠和咸肉片已经放上加热烤架，这将是我再也吃不到的早餐。

接着我父亲从马路对面奥哈洛伦的殡葬店的门口大步流星地走了过来，他必定从头到尾一直站在那里，处在视线之外。看到他的出现，我青春的心脏奏起了欢歌，但同时又打了一个激灵，生怕他代替我被杀害，到了下一秒才陡然意识到自己是个胆小鬼。我父亲怒气腾腾，脸上浮起一阵阵的红晕，拳头也攥紧了。脚踏在栏杆上的男人瞬间挺直身子，瞪大双眼，我父亲的意外现身让他相当震惊。你们两个天杀的肮脏恶棍，我听到你们的话了，你们两个天杀的肮脏恶棍，想要吓唬这个男孩。背对着的那人已经转过身，他手中拿的不过是一根长铜管，其中一头盘绕在自身的管体上，根本不是一把枪。眨眼间，我父亲从他手上将铜管夺了过来，粗壮的手臂引拳痛击向他的面部。一声清脆的咔嗒在古老自由市场的围墙间回荡，这个男人的鼻梁断成了两截。紧接着，我父亲的手臂再次出击，另一个人被铜管敲碎了牙齿。我父亲正在愤怒地咆哮。你们这些恶棍！你们这些恶棍！他弯腰去招呼断了鼻梁的男子，后者蜷缩侧卧在人行道上，双臂护住头部，膝盖抵在胸前。我父亲强壮的手臂继续挥舞，一起一落，又一起一落。被打烂嘴的男子大声求饶，我们不过是开玩笑，我们不过是开玩笑，看在上帝的分上，你别打了。他举起双手做投降状，说话时满嘴湿乎乎的，连带着脸和手都被血水染污。

一个红脸膛、迅速攥拳的托钵僧似的人物替代了我那个安静的、沉湎过去的父亲，现在他站在我的梯脚下，炙热的眼光盯着我裤子前裆象征懦弱的污渍。他举起擦伤的那只手帮我爬下来，我的内脏翻江倒海，心脏狂跳，我知道在那一瞬间他见到了自己曾怀疑，但又祈祷不是却最终被证明是事实的关于我性格的证据。从此以后，他彻底放弃了我。一切希望都已落空。我从未令他感到骄傲，不论是那一天，还是余生的每一天。我也从未让母亲感到自豪。我们将父亲安葬好的第二天，她签字将自己名下的所有地产转给我。我把它卖了。上帝保佑我们。每一寸倒霉的土地，我零敲碎打地迅速卖了个精光。

寒冷令血液变得凝滞。凝滞让事情更糟。人们总希望四处活动活动,以保持血流畅快有力,提高肌肉的热度。但在这个格子间里,我没有足够的活动空间,我的双腿也拒绝移动。如果你是上帝在尘间的代言人,你可算勉强营造出上帝本人的感觉。你跟他同样沉默,也同样黑暗。我想知道你是否能听见我说话,或者说,听不听得到真的重要吗?重点不是我的悔悟,我愿匍匐在可能获得开恩的机会面前吗?有两件事我无法去谈论:爱与悔。父亲,你的情感冷冰冰,也许这样最好。我好奇自己到底有没有在说话。我的坚持是什么,我又是否会坚持下去。讲述这些故事就是将一些东西从我的体内剥离出来，一些我本就准备遗弃的东西，它们在我心中掩藏得太久太久了。

我对你讲述了我哥哥爱德华的故事，我同样也可以告诉你有关我妹妹康妮的事。失去爱德华的悲痛令她整个人变得恶毒起来。在爱德华的墓边，眼见他从我的眼前沉入预备好的墓穴，她对着我的耳朵嘶嘶地问，你为什么要哭？你对他根本不了解。我抬头去看她的眼睛，里面是一泓黑潭，颜色同她黑色的丧服完全一致。她的愤怒与悲伤为她的面庞蒙上了一层惨白。两者的对比十分强烈，正如我的震惊——她的言辞给了我沉重的打击。她这时十四岁，出落得亭亭玉立，我那个时候第一次注意到她有多漂亮：黑色的秀发，身材比例魅惑人心，又不失优雅。我忍住眼泪，并为自己感到羞耻。我将脸上的泪珠抹净，那天没再为我亲爱的哥哥洒下一滴泪。她对我们没有一点尊重，包括我们的父亲、母亲，另一个小我一岁的妹妹茱莉以及最小的弟弟亨利，他是我的双亲短暂重返蜜月期的结晶，最后一个来到我们大家中间。他总是战战兢兢。他小小的一团，行踪飘忽不定，隐没在背景中，仿佛生活无尽的喧嚣之下轻柔低鸣的白噪音。在爱德华离去后，我们过着潦草、紧张的生活，似乎在对他意外的退场致歉。康妮折腾我们所有人，对亨利尤甚。她在折磨他。而我欣然放任她这么做。

父母之间激情的复燃让可怜的亨利降临人世，但爱德华的死将这束微弱的火苗彻底掐灭。我认为在爱德华被放入敞开的土穴，他俩手牵手离开墓地的那天以后，他们没有再去关注对方，只是沉默地相伴余生，仅仅关注各自的内心世界。这是一场生活的大震荡，如同我在尼纳镇钉海报的那次——我告诉过你这个故事吗？——或者我母亲跟一个年轻的牧师起争执的那次。在爱德华刚去世不久，那位牧师在某个星期天傍晚不请自来，代表全体牧师前来表达慰藉之情。他一而再地瞅向墙上原来挂着耶稣之心的画像，如今白白净净的一块地方。终于他忍无可忍，质问为什么要将画像取下来。母亲说她受不了被一个犹太人嘲弄。牧师站起身，大声说道，愿上帝宽恕你，女人，宽恕你说的话。你应感到羞耻，没有比从一个基督徒嘴里说出这么大逆不道的话更可悲的事情了。母亲冷静地说，她不需要被宽恕，更不需要一个乳臭未干的毛孩子的宽恕。从此，他再也没有踏入她的家门。

于是康妮获得了在屋子里恣意撒欢的机会，她忙于组织安排，发号施令，尖声惊叫，并欺负一旦进入她视野之内的亨利，叫他窝囊废，说他是全家的负担和难言之隐，一只出生时就该被溺死的残疾小狗，只不过爸爸妈妈没那个胆量，只好把他从粮食围场墙边的水槽里捞回来，留他继续活下去。如今不得不看着他像可怕的蠕虫一般四处爬动，他们难道不为当年愚蠢的善良感到后悔？亨利从不反驳，从来只是畏葸退缩，闭上眼睛，将两个肩膀耸得老高，好像一只乌龟要把整颗脑袋缩进体内。他会支起一只手肘，作为无效的防卫姿态，龇牙咧嘴地做出死一般的怪表情，小小的白牙明晃晃。我乐滋滋地看着她将他土崩瓦解。在我孩童时的头脑里，我只有爱德华一个兄弟。亨利是个冒名顶替者，一个畸形儿，根本不配拥有生命。我每晚都希望爱德华可以重生，他的埋葬之地由亨利填上，或者时间倒流，被错误电信号诅咒的是亨利的心脏，而非爱德华的。祈祷中，我承诺奉上各种各样的贡品，只要让我某个早上被曲棍球击打畜棚的声音吵醒就好了。

那一天相当奇怪，康妮被授予全权监管我们的资格，她将我们——茱莉、亨利和我——召集到客厅装有木雕沙发脚的绿沙发上，拉拢我们身后的薄纱窗帘。澄黄的阳光滤了进来，洒在我们头顶。她站在我们面前，将她的轻蔑与暴怒一股脑迎头浇下。瞧瞧你，该死的呆子。感谢上帝我跟你没有血缘关系。要知道，我是被收养的。爸爸有一个为政府工作的朋友，打电话来问他和妈咪愿不愿意将爱德华和我从亲生父母位于巴伐利亚某处山腰上的一座城堡里带走。我还只是个新生儿。我的亲生父亲是一位大公，亲生母亲是俄国的公主。他们反对希特勒，于是被抓进劳改营。我俩则被仆人藏进了他们的村庄里。你跟我俩一点关系都没有，丑陋的小胖子。丑陋的小爱尔兰嘟嘟脸。

　　茱莉听后瞪大眼睛，爆发出咯咯的笑声，然后用小手堵住嘴巴。康妮用尽全力猛踢她的胫骨，或是扇了她的漂亮脸蛋，甚至可能掐住她腋下柔软的肌肤，令她惊叫起来，那是一种无声的喘息，因为陡然而至的剧痛将她的呼喊声夺走了。她还会用粗俗的、贵族做派的手指去捅亨利虚弱又凹陷的胸膛，说道，你杀了我哥哥，你这个恶心的小东西。在郡决赛的那天早晨，他让你骑在肩上，带你四处闲转。你这个肮脏的畜生，那天早晨他为了使你高兴，驮着你满院子转，损耗了他的心脏。你像一头猪仔哼哼唧唧，尿湿了他的整个背部。你这个臭烘烘的小杀人犯，你杀死了巴伐利亚一个敢于对抗纳粹的大公的英俊儿子，总有一天会付出高昂的代价。

然后她站起来，挺直身子，柔和的阳光在她周身形成了一团光雾，令她更加超脱尘俗。她的头部周围萦绕着舞动的尘埃，仿佛受惊的小精灵。她沉默地看着我们：亨利哭哭啼啼，茱莉揉着她的胫骨或是小臂，呼吸极不规则，窄小的后背不停战栗。而后康妮的目光落到我身上。你呢，你这个低能儿。你心眼极坏。那天爸爸开进院子里时，我透过厨房的窗户看到你从垂死的爱德华身边走过，几乎没有看他一眼。你闻到了做晚饭的香气，只顾填饱自己贪婪的肠胃。你是个爬虫、狗屎、地狱来的耗子！根本没有同情心，毫无灵魂，很快你就会回到你所属的地狱，魔鬼会将一把巨型烤叉扎进你贪婪的屁股。

不过我完全顶得住，倒是很享受她在客厅里的这通演讲。这把她刺痛了。因为我知道自己是谁，也清楚自己的感受，所以她想怎么说我都行。茱莉和亨利对自己却没有同样的认知。看着她折磨他们的心灵，我感到汗毛倒竖,像是在啜饮他们的鲜血。我受够她了,终于打破咒语:给我走开,快滚吧,康妮。你可不是什么德国公主,你就是个肥硕的爱尔兰小母牛。爱德华和我一直都在背后叫你疯母牛,嘲笑你的大屁股。她发狂般骑到我身上,铆足劲抓着,咬着,扇着巴掌,嘴里低吼着,吐沫横飞,嘶嘶作响,将我的头发一把接一把连根拔起。茱莉和亨利则趁机从可怕的混战中溜走,回到他们各自的房间缩成一团,读一读他们的书,抱一抱他们的泰迪熊。而我只能用小臂护着双眼,以免被她弄瞎,然后随她尽情发泄。我对小亨利毫不关心,不知道你会给这种行为安上一项什么罪名。不过这件事至今折磨着我的良心,今天终于有机会忏悔。

我学校的班级里有一个男生,他妈妈曾是一位漂亮的女王。有一天我看到他跟她一同走在尼纳镇的街头,她正因他说的什么话笑出了声,她的笑声仿佛纤细的玻璃砸碎在石头上。她的美貌保养得极好,没有戴头巾,一头金色的鬈发,宛若电影明星。她一边笑一边抚摸他的手臂。他看起来洋洋自得。接着一个男人接近他们,他们三人站在那里有说有笑。男人的手放在他们两个的手臂上,向街道另一边的尽头点头示意。他领着他们朝来时的方向往回走,往爱尔兰旅店的大门走去。我站在高夫·奥基夫和诺顿有限公司外中立柱的阴影下,观察着班上这个叫桑德斯的男孩为他的父亲和母亲开门,三人步入旅店去享用午餐。

他的父亲跟我的父亲是朋友,这一点我从未想通。在我见到他与父母出现在尼纳镇的那一天过后不久,他在阿尔方索斯·基恩修士的英语课上朗读了自己创作的有关诺曼征服的一首诗。直到今天我都记得第一段诗文。

> 铠铠铁甲,从东方而来,
> 来自静谧的浅海。
> 赤身裸体的莽民,只会扔石子的我们;
> 被他们嘲笑和屠宰。

他的朗读声甜美动人,嗓音里有一种音乐的律动感。你几乎可以想象出赤裸的爱尔兰人瞠目结舌地看着披坚执锐的可怕诺曼人挥舞宽阔的大剑,像王者般横扫沙滩,向着他们冲锋。与此同时,无知的乌合之众只知道在地上翻找可以投击的东西。

朗读结束后,教室里鸦雀无声,直到好几秒之后,阿尔方索斯修士才打破宁静。很美的诗,乔纳森。老阿尔方索斯当然会迷恋这首诗。事后我将这个桑德斯家的男孩逼到操场的一个墙角。嗅到血的味道，我身后聚集了四五个咯咯笑的轻浮蠢蛋。青春期早期，我成了一个校园小恶霸。诗里的**我们**是谁？我问他。他长得很高，身体也变瘦了。他还没开始自我膨胀，惯有的满满自信迅速消退。一阵潮红突然在他苍白的脸上绽开，泪水也溢满眼眶。他的眼镜片上结出一层雾气，我不确定它是源自我的呼吸还是他热腾腾的恐惧。我又问了一遍，你那首优美诗歌里的**我们**是谁？这个该死的**我们**到底是谁？他没有低头，眼光透过镜片顺着细长的鼻梁看向我。他吓坏了，但他并不是一个胆小鬼。我希望他有被轻视的感觉，结果他骄傲的沉默刺痛了我。

你不属于我们，我说道。随即我后撤一步，用最狠的劲踢向他的下体。他疼得弯下腰，缓缓前扑倒地，缩成一团，嘴里发出低沉的哀鸣。看着他倒地，我又补了一拳，拳头砸向他的后脑勺。不过我已经无心恋战。我的意思已经传达，于是决定离开。走的时候，我朝地上吐了口唾沫，正如我在一部电影里看到的那样，那是一个硬汉，刚刚打赢一场架。背后的蠢蛋们哄堂大笑。那位写下优美诗篇的桑德斯家的男孩，出生和成长的地方离我父亲的院子不到三英里远,眼下正倒在我身后冻硬的泥地里低声呻吟。我那天之所以猛踢他的下体,是因为他说的是**我们**,但却意指**我**。我踢他还因为他优秀,他向我灌输了关于我自己的错误形象,他拥有永远挂着笑脸的漂亮母亲,外表精致的和蔼父亲,还有他无忧无虑的冷静模样。从那一天起,这个桑德斯家的男孩开始了一段难熬的日子。我向来有一种残忍的本领,可以使人们互相憎恶。我向所有愿意听我说话的人——几乎人人都听我的——宣称他的祖先因为向克伦威尔手下的官员告密而被赠与土地,他是圆颅党的共谋者的儿子的儿子的儿子,是肮脏的克伦威尔派,他们会将婴儿抛到空中,用步枪的刺刀去挑;他们会将牧师钉上粗糙的十字架,他们会洗劫这片土地上的一切,奸淫掳掠,大开杀戒。那段日子并不是太久远,发生地距这里也不过几英里。党争十分猖獗,仇恨很容易点燃。

抹黑那个男孩的经历令我学到了颇有价值的重要一课:如果一件事你说了很多次,不断重复会使它变为真相。任何你热衷的想法,无论听起来多么疯狂,都能成为事实的蝶蛹。只要你说得够大声,够频繁,它就变得具有讨论余地。而讨论会改变想法。讨论是真相的幼虫阶段。经常性的、不松懈的、高声的重复能完成想法的质变过程，将其转化为事实。事实展开翅膀，从一个地方飞往另一个地方，从一个脑袋转移到另一个脑袋，使自身变得鲜活而恒久。我说他有一个祖先是臭名昭著的利默里克商人，在爱尔兰大饥荒时期，他们将一百万片培根、一百万桶黄油，以及一船接一船满满当当的玉米运往英格兰、欧洲和鬼知道的什么地方。同时期，国内无论农民还是城市居民，都倒毙在沟渠里，嘴唇因为吃草变为青绿色。那就是他的家族，我说，他们全是一路货色，你还对他写了一首诺曼人的赞美诗感到惊诧吗？

有几个更具独立思考能力的男孩就此事提出了自己的看法。于是形成了两派，但其中一派很快败下阵来。毫无疑问，他是一个叛徒。他不是，他人不错，他到底做错了什么？他写了一首诗，表现英国人的伟大。那首诗并不是那个意思。他们家的人都是地主，不过是几年前才转信天主教，故意去激恼他们的族人。他们不是地主，他父亲只有三十英亩土地。很久以前，他们家的大房子被反叛军烧毁了，他们的大部分土地也被土地委员会夺走。什么大房子？当然，现在已经不在了，早就烧没了。过去他们都是叛国者，就他们那帮人。他的诗又有什么问题?诗里称我们赤身裸体的野人,却说诺曼人值得钦佩?要我说,他还是个基佬。他是个叛徒,还是个基佬。没错,他就是。叛徒加基佬。因此,借着不断的重复,这个男孩在他的同学心目中就成了这般形象。

正是针对邻居男孩的虚假言辞为我打开了一扇新大门。关于此道，我的手段堪称艺术。几年后的某天，我与一个男人在一条窄街相逢，他正在给自己的车锁门。我打招呼的声音吓了他一跳，他转过身与我对视。我能看出来，他大概猜出了我的身份。眼见他将面部表情清空，站在那里看我，我开始尝试解读他的内心，计算他的价值，然而他却将自己彻底封锁起来，拒绝我的窥视。我能陪你走一段吗？我问。他点头表示同意。我们谈论天气，谈论即将到来的圣诞节，我们俩都对时光的飞逝感到惊诧。感觉似乎上周刚过完圣诞节。我们都笑了。我问他，关于我的一个客户感兴趣的规划申请，他有没有下定决心。他看看我，又抬头看看天空，然后说道，这么冷，我想快要下雪了，你说呢？我从他的笑容背后发现了真相：他是一个相当体贴的怕老婆的老实丈夫，关心孩子、宠爱孩子的父亲，忠实的朋友，及时的还款人，诚实守时的人，**注重**细节的**完美**主义者，容易入睡的人。而通过他眼中的倒影，我却看到一个邋遢的男人，一个根本算不上人的东西。我所见到的自己，一如这个诚实人眼中的我。我感觉到他对我投来的怜悯和畏惧。我恨他。我说，我看也是，明早地上肯定有积雪。

于是我跟他在一本书的首发式上再次碰面，书的作者是我们都认识的曲棍球运动员。我请他听取我的一个提议，关于他可以兼职一些咨询工作。完全是光明正大的工作，如果愿意，他还可以报税。或者，报酬将存入加勒比某个海岛上的账户，他可以神不知鬼不觉地提取，操作起来很便利。报酬总共是二十万镑。那还是一九八九年，六位数的金额仍是天方夜谭。我们并肩站在宴会厅的后部，有人在介绍台上的主角，主角看起来很害羞，不太自在，跟举杯与沸腾的人群欢庆时那个脸上沾着血迹和球场淤泥的他大不相同。这个我收了钱来说服其就土地划分作出一项特定决议的男人轻咳了几声,然后耳语道,多少?我重复一遍,二十万镑。我察觉到我俩之前的空气中出现了微小的震颤,我看到他的嘴唇不易察觉的翕动,他在头脑里换算出总金额。然后他摇摇头说,如果你再靠近我,我就报警。我问,你打算怎么跟警察说?他哑口无言,因为没有答案。

某个安息日的傍晚,我给自己在西利默里克的一间酒吧吧台边找了个位置。那时候午后禁酒令仍在执行中,酒吧营业时间不会太长。里面没有太多散客,都是酒吧赖以维生的核心主顾,他们铁着脸沿吧台一字坐开。那里没有一个熟面孔。我慢慢啜饮着一品脱世涛啤酒。接着我将报纸在吧台铺开,用手背抹干净嘴巴,在有伴时我绝不会这么干。我看向吧台后面那个长年不见阳光的瘦巴巴的中年女人,察觉到她正紧张兮兮地探究我,她的好奇心发散出来,仿佛某种刺鼻的轻风,风中洋溢的气味与味道是对他人生活中私密故事的渴望。这些故事啃噬着一些人,并辐射到他们周围。

主啊,太可怕了,我说。报上写什么了?我示意已经合上的报纸。又怎么了?女人问。有几张脸朝我转过来又移开。我的目光锁定在老板娘身上,她是我的猎物与嘉奖。我改变语调,让她有种熟悉感,可以降低防备心,反过来也能增添我这个故事的可信度,让它升华为冰冷的事实。哎呀,你知道,就是儿童的那档子事,满篇都是,吵得沸沸扬扬,就是**虐待**。如今都浮出水面了,不是吗?那些杀千刀的,如今报应来了。她径直看着我的眼睛,我眼都不眨地与她四目相望。杀千刀的,我心想,形容得有些夸张了。不过她已经上钩。她说,噢,他们都会去一个地方,你和我都知道是哪儿。我说,没错,没错。我深深灌下一口啤酒,她则给坐在吧尾一个胡子拉碴、弯腰驼背的男人倒威士忌,后者正两眼放光,竖起耳朵偷听。她飘回我身边,我继续道,可怕的是,这种事随处可见。譬如那个男人,你知道他,他有所房子建在离这里不到一百万英里的地方,专门用来跟还没他自己女儿大的女孩,一个他女儿班上的女同学寻欢。我就在想,全能的上帝,你会怎么处置他?

站在我面前的她倾身贴近我,身上有着旁氏面霜和洋葱的味道。是这儿附近的人吗?她低声问,兴奋得忘了呼吸。她的脸庞染上一片红晕,色彩随着心跳一阵阵悸动,仿佛发着高烧。突然,她尖锐地大声问,**住这儿**

附近吗?吧尾的那个老主顾被吓了一跳,洒了酒杯。耶稣啊,是谁?是谁?是谁?那些核心顾主突然间都屏气凝神,鸦雀无声,谁都没再多饮一滴酒,全然忘记眨眼睛。我撇撇嘴,低头看了看左右,确保没有给这位被抨击的仁兄通风报信的家伙在场,终于,一个名字从我嘴里轻轻滑了出来。我慢慢分了两三口才将杯里的啤酒喝净,跟他们道声晚安,点了点一侧鼻翼[1],从高脚凳上溜下来,离开了酒吧。

那个星期天傍晚,在驾车一路向西去饮我那一品脱啤酒前,我已经作了周密的研究。哪家酒吧是由最不相干的客人光顾,最不受团体的束缚,它的员工既忠诚又谨慎,在享受听取和传播故事的过程里,最有利无弊的。最应该什么时候去。最好坐在哪个位置。最佳讲述对象又是谁。这些都是我分批打听出来的,没人能洞察出我的动机。我无中生有的故事,如病毒般自我复制,不断的突变让它发展壮大,为了更好地撑过每一次复述,它的片段和属性也不断重新排列,由此在体量和恶

---

[1] 轻点一侧鼻翼的动作在英国、马耳他或意大利部分地区十分常见,意为"秘密"。

意层面亦节节攀升：它跨越了郡界，传入凯里郡；它顺着公路又传回利默里克郡；它涉水横跨河口，进入克莱尔郡。

你可以做到无中生有，神父。这我一直都知道，即使在基督兄弟会不留余力地将自然界第一和第二定律填鸭式灌输给我们后也一样。能量不能生成或毁灭。物质也不能生成或毁灭。它们不过是从一个形态转化为另一个形态。胡说八道。你明明可以无中生有，这是千真万确的。科学已经证明了我的正确，你知道，只不过太迟了。如今他们能制造出真空，并使用显微镜观察，能将我们看不见的微小世界放大一万亿倍，他们发现有粒子于刹那间在虚空中生成，然后再度湮灭。生于虚空，灭于虚空。直到最近，我一直在读这类东西，关于自然的运行与世界的产生。这些读物让我静下来啃了一段时间的书，但阅读效果并不好，于是我现在能做的就是思考。当然了，思考有什么妨害吗？即使有，也是正确的。

大家谨遵教诲，知道无中生有是不可能的，特别是在他们听到有关邻居坏话的那一刻。起初他们总是一成不变地说，肏，不，我不知道。以此展现他们的忠诚。

当然,那肯定不是真的。然而不久后,他们会琢磨自己听到的关于那个人的事情,左思右想:为什么会传出这种事情来?源头在哪里?一定有什么事实根据。他们不由自主想起学校的教导,以及自然本身给予所有人类大脑的印象:万物一定具备起源之物;没有任何东西是无中生有的。一件事物一旦进入人的大脑,它就像椅子腿里的木蛀虫,像癌细胞,像土穴里的耗子,永远流连,甚至无法被彻底根除。即使被遗忘了很久的东西,依然留在大脑无尽的深处;习而忘之是不存在的,正如说过的话覆水难收。宇宙中的任何规则都不是一成不变的。

我散布了那个男人的谣言,也就是我的那位邻居。他到我位于奥古斯汀·斯特里奇公司、由联排别墅改造的办公室里见我,并告诉我他决定收这笔钱:他想要举家移民,让孩子去国外受教育;这样他们将使用另一种语言,或者去了解更广阔的世界。我说,很不幸,你来迟了至少一个星期,提议被取消,整个项目计划都搁置了。他说,或许因为我有意愿提供帮助,计划可以重启?我告诉他看看情况,然后继续像往常一样聊起他的工作,拖延着所有与那个计划相关的决议,而且如今的条件将会有变化。他点点头,我看到他眼中的泪水将要决堤，双手也抖个不停。他整个人似乎缩小了一圈，面容憔悴，走路时衬衣与夹克随风鼓动。我说，一周后来找我。他依言来访时，我告诉他已经设置好一个账户，并将密码交予他。只要他签字画押，我的客户们就以此为据，十万镑即刻汇入其账户。他甚至没有反驳一句：他没那个胆量。

我依然说不准自己是怎样一个人。只能说一说别人眼中的我。我是一个会计。还是一个说客。不过,那是我很多年后赢来的头衔。直到最近,我的工作才有了一个官方的名称,但其实它由来已久,是一门古老的艺术。我为人们出谋划策。我能很好地看穿人们的心理,总能找到最佳的措辞。我能很好地计算出人们的身价,总是知道最合适的价码。奥古斯汀·斯特里奇公司给了我起步的机会,我喜欢上数字,喜欢它们本质所带的确定性和不屈不挠:即使当你将一个数字切分至二分之一、十分之一、百万分之一、十亿分之一,它仍旧存在，依然保持着完整性，它还保持原初的量，不受侵蚀。当一切不复存在，宇宙坍缩，时间停顿，数字也依然存在，它们冻结在奇点中，等待存在重新释放它们，这样它们便能为宇宙的扩张制定规则，并在不可避免的坍缩到来的拐点，即其达到最终质量的时候，给予告示。

人们要我提供观点，去说服人们作出特定的决定。那就是我的职业。游说[1]是一个奇怪的动词。在动词的形式变化中，它保持了自己的形态和奇异性，但它几乎不像一个单词，而是一个毫无意义的轻柔发音，没有爆破音让其找到一个支点，使人听清楚。我游说，你游说，他游说，我游说过。有一回我在词典里查看这个词，知道了它的官方释义：请愿。谈话中，我经常要重复它。你是什么？一个说客。噢，对。它的名词形式词尾带 s 音，让它变得更容易辨别。音节高度粘连之后，谈话者才辨别出这个词，然后有几秒，他们惊慌地想到大厅、门廊和前厅，他们的脸上几乎总是染上淡淡的红晕或者紧张地咳嗽两声，随后礼貌地嘟哝几句请求原

---

[1] 原文是 lobby。

谅。我甚至一直不知道自己的职业叫什么，直到一位记者这么称呼我。这个词总让我想到手掌或拳头反复出击，借助物理的力量坚定自己的立场，更好地阐述一个观点，带着一丝威胁的味道来提要求，通过这样的方式能自动将谎言植入别人的脑海。

　　总之，看起来没有我办不到的事。没有我出不了成果的计划，没有我变不成法律的白纸提案，没有我无法买卖、分割或使其在地方议会的地图上由绿变红的土地：依靠我耳语般说出的那个词语，我牢不可破的誓言，我紧握不放的攫取的手，整个城镇拔地而起，焕发出勃勃生机。对于人们的大脑来说，这是新东西，但在诞生之前就名誉扫地，如同妓女的野种。就算不是第一个，我也算是第一批获得该职业称号的人。我当然不是第一人。当耶稣基督本人在沙漠里饥渴难耐时，他自己不就请愿过？他收受了整个世界的贿赂。

噢，神父，为我祝福，我有罪。噢，神父，请听我说。请听我说。我无法启齿。还是让我告诉你我以前认识的一个人的故事。那个男人，我猜是个流浪汉之类的，总是待在一栋大楼的顶楼小屋里，那时候我刚跟斯特里奇兄弟签合同，也住在同一栋大楼里。我不知道他用不用付租金，唯一清楚的是他在某个时候失去了什么东西，或者什么人，从此一蹶不振。他反复念叨，在哪儿？在哪儿？在哪儿？颠来倒去都是这一句，既是问自己，也是问这个世界，也可以说是对空气发问。我在早晨的楼梯上，潮湿的走廊里碰到过他，他以耳语般的一两声在哪儿跟我打招呼,就像其他人会说你好或早安一样。在某些傍晚,他正好喝了酒,或者服用的镇定药药效消退了,他可能在中途驻足,走过来轻轻抓住我的小臂,狂热的眼睛对上我的视线,他的在哪儿问得更大声,更急切,更添了几分哀求的语气。我回答道,我不知道,然后耸耸肩,毫不迟疑地撇下他走掉了。我总在城镇尽头我所工作的地方看到他,他待在奥古斯汀公司的拱门旁,背靠一面墙站立,一只手拿着空纸杯。他的两条胳膊稍稍抬起,远离身侧,一只几乎赤裸的脚蹬在墙上,头部倚靠水泥墙,喉结跟随气息的节奏上下移动,他正用舌头低泣着一连串在哪儿,并不易察觉地点着下巴。在哪儿,在哪儿,在哪儿,汇成不间断的语流,冲刷过紧咬的牙关,穿过缺齿的空隙,仿佛一句无尽的低声祈祷。我经过他身边时,他丝毫没有认出我的迹象,甚至根本没看见我。他总是一成不变地朝天空扬起愁容满面的脸,其姿势定格在对耶稣受难场景的戏仿——一个随意版的受难姿态。后来从房东——我认为跟他有点沾亲带故,但又不愿承认——那里得知,许多年前他住在伦敦中心地带最繁华的地段,并在那里娶妻生子。他还在学步的幼子穿过敞开的大门,跑到了大街上，从此杳无踪迹。他搜寻了一整年，最后丧失了理智。有一次，他在伦敦街头抱起一个长得像他儿子的小孩，来了七八个警察才从他怀里把男孩抢回来。男孩的父母提起诉讼。他被判刑很多年，释放后被遣返回国。承蒙女王的好意与慷慨，他被轮船送回家乡，但他已经空虚得只剩一个空壳。我从没往他的纸杯里放一个子儿。在街上，他从不与我对视。那时候我没把他放心上，如今却时常记起他。

一九七〇年，我二十五岁，在我没能完成第一次忏悔的那间教堂里举行了婚礼。不过那次以后，对于忏悔这件事，我再也没有失败过。只不过迄今为止，我没有哪一次是诚心诚意的。第二次的时候，我的忏悔祷告就说得很溜了，此后每一次，他几乎都夸我，很好，继续，很好。他会免掉我背诵《圣母经》和《圣三光荣经》。他意识到我是谁，我来自举足轻重的阶层，是有地有产的人。如果第一天他就认识到这一点，绝不会拒绝给予赦免。我将捏造出来的罪行告诉那位神父，以及此后的每一位。我从来不提真正的罪状——亵神、贪婪、虚荣、好色以及糟糕的傲慢,而是说些别的。他年老昏聩,无法记住我们所有这些劳动者、大地主和懒汉闲人的后代:那时候,一个孩子的出身很难从外部特征上辨别,首要原因是人人都穿着鞋。我在一个星期五的早晨结婚,婚礼早宴就设在尼纳镇的奥米拉酒店。我的父亲没有发言,是她的父亲起身感谢敬爱的神父,答谢我父母的努力,并表达他对新晋女婿的气质跟仪态十分满意。他表现得油滑,敷衍,甚至忘记提及自己的女儿或妻子。她俩沉默地并肩而坐,腰杆挺得笔直,笑容冷冰冰的。我很想站起来为她的美貌和温柔气质举杯,却办不到。因为她跟美貌不沾边,我也几乎不认识她。她的出身无可挑剔,来自与我家毗邻的土地。她有着健康的体态,丰臀薄唇。她没有带给我麻烦。她为我生了三个女儿,但没诞下男孩。在四十五岁时,我恋爱了。

有时候我住在利默里克一间商铺楼上的公寓里。我拥有整栋楼,并将商铺租给了一个补鞋匠。我喜欢听着他叮叮当当的锤音和棘轮老虎钳的刺耳声响醒来,我喜欢听他那些顾客的口音,带着轻柔的抑扬顿挫。公寓里有一个壁炉,我会定期清理烟道,方便使用。我喜欢在没格子的白纸上罗列计划,做运算,画过程图,将人物、地点、事件和突发状况连接起来,然后将图表转换为行动列表,我将行动列表背熟后就将纸张投入火中烧毁。这个习惯变成一项神圣的仪式。我会看着纸张烧黑,起火,看着火苗吞噬掉我的计划,用黑烟为它们施洗。黑烟冉冉上升,散入潮湿的空气中。在一些傍晚,我会在城市北面一家酒店的餐厅用餐,从我的公寓出发,沿河走上一段,跨过那座桥便到了。一九九〇年春天的一个星期一傍晚,招待我的服务生是一个有着淡蓝色眼睛的金发女孩。她的头发紧紧绑在脑后,梳成一个发辫。她的鼻子、嘴唇、脸颊和下巴构成完美的组合,不似人间凡物,仿佛她是她自己的一幅肖像画,一位奉承大师嘴里的虚假的完美形象。她问我能点餐了吗,她的口音不似城里的那般刺耳,带着点轻柔的婉转。好一会儿,我都无法对她做出应答,因为我忘了决定点什么,我甚至忘了有哪些可选的菜品,也忘了上次来这儿吃了什么。现在想来,如果当时我必须将自己的名字告诉她,舌头都会打结。她微笑着问我是否需要再考虑几分钟,我迅速恢复常态,点了一份五分熟的西冷牛排,暗自琢磨着自己的表现,自己的愚蠢,以及这种具有欺骗性的难以置信的感觉,这种骤然而至的虚弱无力感,它已经将我淹没。她走过来清理刚刚腾空的一张餐桌，我看着她的脖子和手臂的背面，心想如果允许我站到她身边，用嘴唇触及她的后项，双手轻握她的两臂，将身体与她贴紧，花多少钱我都愿意。她扭头看到我正盯着她看，结果笨手笨脚地打碎了一只餐碟，碎片在抛光过的硬木地板上四散开来。她嘴里说着，肏，我肏。我笑出声来，她弯着优美的腰肢，抬头看我，说道，不好意思，我不应该在客人面前说这个词。我告诉她，随时都可以在我面前说肏。那是我第一次在异性在场的情况下使用这个词。从她那里听到这个词，再从我自己口中听到它，我的心灵深处一阵激荡，我破碎、肮脏的灵魂也震颤起来。

那一周，我每天傍晚都去那里，餐厅里愈发安静，她也一直在。我的自我意识提升到了空前的高度：我穿得精致又潇洒，总是一身裁剪得体的深色西装，意大利皮鞋；离开公寓前，我开始对着洗浴间的镜子担心我的发型，梳理，做造型，拔掉白发；还会用剃须刀修剪鼻腔内部，用牙线剔牙，在耳后擦须后水；像女人一样梳妆打扮，像个傻瓜。每晚招待我时，她总显出很高兴看到我的样子。她会为我的笑话笑出声，笑声轻柔，悦耳。那个星期二,妻子将电话打到我在斯特里奇的办公室,问我什么时候回家,她的声音里夹杂着一丝不满,但还不至于挑起争吵。她提醒我星期六的前夕弥撒是她母亲表亲的满月追思弥撒,我们应该参加,而且当晚她还有一个教区委员会的聚会。我突然对她大吼起来,声音大到让办公室外陷入一片寂静:**那是你的事,与我无关!** 上帝保佑,她平静地接受了我的爆发,声音保持镇定,说道,你平常不会一整周都待在城里,我想知道没发生什么事吧,是压力太大吗,我看得出来,你压力过大,我并不是非得去参加聚会,如果我决定去,自然是可以信赖奥莉薇娅来照顾那两个小的。乖乖,她都十四岁了,体格和勇气都足以胜任。我对她产生了从未有过的柔情,一种近乎于爱的温柔的情感波动,她那温顺、被动的天性,都让我感谢上帝。我听到酒店的女服务生在我脑海里说话,肏,我肏。我看到她弓着腰,手里满是餐盘碎片,我幻想一块碎片扎破她的皮肤,一线血水流过她的掌心,我抓起她的手检查伤口,然后将伤口贴近我的嘴唇。她温暖的血液尝起来是甜的。我的妻子在叫我,约翰,约翰,你还在吗?我嘀咕了一句对不起,编造出关于一桩交易、客户、饭局、早起的谎言,然后挂断电话。我倾听来自下属和秘书的窃窃私语,等待奥古斯汀破门而入,质问我大吼大叫是在发什么火。不过他老了,这个奥古斯汀,一个风烛残年的半聋老头。没人来打扰我,我用黑色记号笔在白纸上画图表,然后转换图表为行动计划。事后我将纸张投入补鞋匠商铺楼上的壁炉里焚烧殆尽。

于是我问那个女孩,第二天下班后能否约她出去。她微笑着问,你想带我去哪儿?我不清楚她是不是在拿我寻开心。她说,你不是结婚了吗?我说是的,但我们已经分居,再说,我是以朋友的身份邀请她,不会对她动手动脚。我只是觉得能看看她在工作场所之外的样子,跟她正常地聊天,会是一件很不错的事。还说我一个人住,有些时候感到孤单,在傍晚看见她是我一天当中最美好的时光。没错,事实上我认为自己有些得寸进尺,我真是太笨了。那个星期六,她坐上我的捷豹兜了一圈,我们沿着莱辛克的长滩散步,从海上吹来凉爽的微风,云淡风清。她将我的夹克外套披在粉红色羊毛衫外,穿一条窄小的牛仔裤,脚踝处磨得发白。她脱下鞋,勾住鞋子的扣带吊在手里,她的左脚脚腕上戴有一条细细的金链子,还有飞鸟剪影的刺青。太阳沉到了地平线,天空铺开红霞,潮水从沙滩退去,一排巨浪延伸到天边。海滩上除了我们,不见其他人的身影,我一只手臂揽住她,将她拉近,印上一个吻。她的嘴唇咸咸的,是海风带来的盐分。我将她压倒在沙滩上,她激情地回吻我,随即又变得轻柔,她咸咸的、又如蜜糖般的唇几乎没怎么动。我真希望自己死在那片沙滩上。

我们沿着海岸线驱车开往戈尔韦,在西班牙拱门[1]景区登记入住了一间旅馆。我们在那里共度了一个黑夜加一个白天,然后又多待了一天半。我给妻子打电话说自己被叫到都柏林,帮客户解决他的银行危机,那是我们一个最大的客户,根本无法推托。电话里,她听起来没精打采,我能想象她抿着嘴,满脸倦容,抓着听筒的指节泛白,与惊慌、怀疑的情绪对抗着,不愿接受显而易见的结论,不愿引起轩然大波,不愿玷污婚姻,不愿迈出我们空虚的庙宇。我们驾车回到利默里克,我在她合租的屋子前将她放下,并告诉她我爱她,我真心

---

[1] 西班牙拱门坐落于爱尔兰城市戈尔韦,于1584年由威廉·马丁(Wylliam Martin)建造,用于保护码头上的商船不被抢劫。

实意爱着她。她说她也爱我。我想那时候她也当真如此。

我安分了一阵,成了一个善良的好人。好几个月,我专心工作,竭诚为客户服务。我的每一句话都是由衷之言,并绕开那些偷奸耍滑的案子和不行贿就无法解决的难题。一名会计在审计中被发现违规操作,结果承担了毁灭性的后果,还被罚款。他把帽子拿在手里,垂头丧气地来找我。我毫不客气地告诉他,如果他一开始就来找我,根本就不会被审计,更别提背上如此大额的罚单。他希望自己的案子能重新审理,他说还有一小笔款子放在别处,为了以防万一。我向他解释申请上诉的程序,但他早就一清二楚。我想你可以,就是……代表我进行游说,他说。我说,游说?好像我从没听过这个词似的。然后我就开门送客。工作日的某个晚上和每个周末,我都会回家陪妻女,给她们带些小礼物。我的妻子有着做灵恩式祷告的习惯,鬼知道那是什么,我至今都没搞明白。我的长女有副大骨架,勤奋好学,照顾起妹妹们游刃有余。我跟着车里的收音机唱歌,欣赏起云块之间斑驳的一抹抹蓝,并对群山、草地和一片片沼泽地致以生动活泼、不偏不倚的问候。我回忆起她身体的曲线,纤细的四肢,睡眠中起伏的胸脯,以及挥之不去的声音。我给她买手链、项链、手袋、鞋履、内衣;我给她钱;我带她去巴黎和威尼斯。我为她丧失理智,迷失自己,进入忘我状态。

在恋爱方面我只是个门外汉。我试图让她辞掉工作，因为我不愿去想她在招待除我之外的其他人，去想他们观赏她，将汗津津的小费塞进她的手里，触摸她，嗅闻她，捏着他们的粗嗓音尖声提要求，厨师、男服务生、油腔滑调的经理朝她抛媚眼，街上所有人都盯着她看。我想让她出现在我公寓里的沙发上，静静为我等候，身上不着一缕，唯有面前的壁炉投射出的一圈火光。我尝试告诉她我的生活是怎样的，我为了成功，为了赚钱，为了达成特定目的所背负的巨大压力。我告诉她，我可以金屋藏娇，至于多久，完全随她的意愿。金屋藏娇？她问，这是什么意思？占有我吗？我说，不，不，就是做一些事让你生活得更容易些，在镇上一块不错的地段为你安排一间公寓。我可以给你钱，定期给一笔零花钱，随你自己花，你不需要付房租，给自己买些好东西。你也可以跟我一起住在这间公寓里。大多数晚上我都在。耶稣，她说，我原来并不相信存在你这样的男人。我以为像你这样的人都是虚构的。我不确定她这么说是褒还是贬。

我开始坐在汽车里监视她，车就停在她所在房屋旁边的码头。那是一栋乔治王朝风格的红砖屋，被改为卧室兼起居室，我窥视她是否一个人上班，一个人下班，看能否抓到她撒谎的把柄。过了大概一个多星期，我见到她同一个穿紧身黑色牛仔衣、白色运动鞋和白色T恤，皮肤黝黑的瘦高年轻人牵着手，他长着虬结的肌肉，一副自以为是的模样。我紧紧握住方向盘，指甲掐进皮套里，留下细小的凹痕。我听到一个声音冲口而出，那是一种喘不过气来的呜咽，这是我记事以来，自从敬爱的哥哥的葬礼之后，第一次感觉到眼泪刺痛了眼眶。我，一个开咨询公司，拥有会计执业经验、房地产投资组合、一辆新捷豹以及可靠妻女的身价不菲的中年男人,发现自己打开捷豹的车门,踏上步道,将一只手放在码头的石墙顶部,呆立着去倾听河水低语,它在说,你这个傻子,你这个傻子,你这个傻子。

我发现自己来到她的门前,疯狂地敲门。门被那个异域长相的年轻人打开,他一边挠痒痒一边观察我。我说,你他妈是谁?他带有西班牙或葡萄牙的口音,反问,我他妈是谁?应该是**你他妈是谁**?她突然出现在他身后,面有愠色。她穿着一件长T恤,印有**邦·乔维**和一个长发男人的头像。她说,没事,哈维尔,这是我的男孩。她冲他瞪大眼睛,仿佛在说什么也别说。哈维尔扭头看向我,噘起嘴做了个不屑的表情。他上下打量一番后说道,**他**是个**男孩**吗?他放声大笑,同时摆弄着蓝色三角裤里的私处。我突然跨进门,挥拳出击,哈维尔向后躲闪,咧笑依然挂在脸上。他的臂展很长,出拳极快,给我的太阳穴和腹部一顿猛揍。我开始呼哧喘气,突然陷入劣势,随后就向下摔去。她在尖叫,上帝啊,哈维尔,住手,快他妈住手,约翰,别他妈来烦我了。她将我推出门外,猛地关上门。我站在那里像孩子一般哭了很久。然后我驾车回到公寓,炉火的余烬依旧温暖。我好奇于自己过去没发现的事实,那是我尚未认清的部分自我，我的天性原来如此鲁莽，如此晦涩难解。我的一切通奸行为就止步。

《圣经》里说，不可杀人。这一带有倾向性的译文由一个放任自己的母亲被杀，由此登上王位的男人所批准。这个男人认为自己的加冕具有神圣性。杀戮是一个过于宽泛的词。上帝在西奈山上说，**瞧，得撒**[1]。不可杀人。我认识一个人，他一只手的指节上全部文着*爱*，另一只手的指节上全部文着*恨*，其手腕上有一串小点，是为他被判罪的次数计数。我认识一个认识这个男人的人。这第二个人我是在一天傍晚于补鞋匠店铺外的街道上偶遇的。当时店铺已经锁好门，拉上百叶窗，通往我住处的临街窄门开着，楼梯脚的偏狭门厅里码放着一堆煤球、一袋木炭、一两袋煤块，因为那个冬天我总感到冷；我似乎无法让自己或是我空荡的公寓暖和起来，我似乎处于失魂落魄的状态。我交给那个认识指节刺青男的人一个塞满钞票的信封，那是我将请他的朋友出手帮忙所付的报酬，我需要他会一会那个年轻的伊比利亚人，挫挫他的锐气。

---

[1] 得撒（Tirzah）是《圣经》中的古代迦南城市。

那晚我做了一个梦,至今记忆犹新,似乎它真实发生过,就发生在昨天。梦中我行经约尔阿拉拉墓园,然后下山朝码头走去。此处的土地无论在多么晴朗的日子里,依然笼罩在一片灰暗中,这和波光粼粼的湖水形成强烈反差。也许天空万里无云,阳光灿烂,但岸边污浊的泥沟和潮湿的褐色芦苇却带入一抹晦暗的色调。道路一旁成排的参天常青树延伸到码头,并将得不到阳光的地面包围起来,仿佛土地吞噬并阻绝了光线,而湖水却赋予阳光勃勃生机。

我在路边一间屋子的门前停好车,那是一间长排平房,有人在花园里宴饮。虽然看不见演奏者,但有音乐声传来。一个女人转向我,眼神中透着悲伤,说道,一个孩子不见了,一个小男孩,来自这个家庭。我的眼睛从她身上移开,看到派对上的所有宾客都在道路和码头上四处奔走,呼喊他的名字。他们望向水下,在芦苇荡、柳树下的灌木丛,以及跳水板周围搜寻,甚至跑到岩石边和斑驳破烂的船屋一侧查找。我走上与湖岸滩地毗邻的车道,远离大路、码头和焦躁的人群,沿着我们还是小孩时总是挑选的禁忌路线寻找。我的视野里出现了一片小小的卵石河滨,坐落在岸边一个缓坡的尽头处，这里只有为数不多胆壮气粗的人才知道——几乎完全被一根枯死的白蜡树树干遮住了。一块沙堤形成柔软的步道，脚底传来温暖的舒适感。它将那些警惕性不高的人由浅水区引向开阔的水域。离岸没多远，脚下状况变化莫测：某些地方，河床陡然变深，泥沙跟着狡猾的水流和看不见的涡流移动。芦苇荡对年轻的探险者来说充满诱惑。水草如同隐秘浅坑里的一窝窝蝰蛇，伺机而动。我就是在那里看到了那个孩子。他涉水而行大约二十码，肯定是从沙堤滑入了深水域，然后被水草缠住。他的脑袋刚刚顶破水面，绝望地起伏着，因为他试图从水草的缠绕中挣脱出来。我只能辨认出他的眼睛，在惊恐中瞪得大大的，微小的浪花拍打着他的脸颊。我听到他又呛又咳，透不过气来，然后灌下很多水。虽说他肯定听到父母和其他人在湖岸的拐弯处呼喊他的名字，但他的氧气不足，无法大声求救。他用一只手疯狂划水，尽量让身体浮起，另一只手肯定是伸到下面对付死死缠在腿上的结。我判断他的生命最多只剩一分钟了。他的手臂很快就会精疲力竭。那些致命的浪花——绝大多数是他自己制造的——将很快填满他的肺部。

梦境中，我紧紧贴着一棵古老的白蜡树的冰冷树干站立,藏身在泥泞湖岸的斑驳阴影中。我看着一只蜉蝣停在树叶上,用它永恒一天中的几秒钟来歇口气。我琢磨着蜉蝣突然之间的静止不动,与此同时,呜咽声和水声都从我的脑海中远去。当它重新飞回参天大树的林冠时,我站在树荫下眯眼观察着水面跳动的光斑,发现我已经看不到他的任何踪影了。我从藏身处飞奔过去,将浅水区搅得浪花四溅,我下潜,浮起,不断呼唤。那些声音仍旧喊着他的名字,他们有些在叫爱德华,有些在叫哈维尔,有些叫的是约翰。我抓住眼神涣散的男孩,将他托出水面的同时,也将水草从他的腿上扯了下来,然后将他抱在胸前。他的脑袋向后仰去,四肢无力地耷拉着。他的嘴唇青紫,面色苍白,张开的嘴角流出细细一溜湖水。他的眼白上只留下一弯新月形的瞳仁,我将他放在岸边枯芦苇形成的软垫上,嘴对嘴做人工呼吸;吹三口气,然后按压胸部三十次,反反复复,一边数数一边呼唤他,努力将脏水从他体内压出来,使他的心脏恢复跳动,让他起死回生,弥补我的所作所为。然而时间是单向的,当我首次发现他时,除了观察那只蜉蝣静止不动的画面,并没有用任何行动填补那空白的时光。他还是一动不动,看来再也不会动弹了。我灵魂中未遭玷污的那一小部分如今也变得肮脏,地狱的大门为我敞开,并向我发起召唤。我浑身湿冷地醒过来,大口大口喘气,面朝双人床伏卧着。在听到新闻以前,我已知晓自己的可怕行径。

几星期后,我不得不去布鲁塞尔,我们的飞机在暴虐的天空中穿行。飞机的发动机或者电力设备出了故障,不再运作。机舱失压,氧气罩全都弹出来,像黄色的绞刑架在人们眼前晃荡。飞机上下颠簸,随后开始以骇人的角度俯冲。乘客们抱作一团,哭声四起。有人在大声祈祷。一个婴儿因为被他吓白了脸的母亲抱得太紧,尖声嚎哭起来。驾驶员嘈杂的指示被忽略,淹没在恐慌的人声和过载的涡轮尖锐的嘶鸣中。而我岿然不动,看着眼前的面罩翩飞。我想我正面露微笑。过道对面有一个男人,你可能会说,他跟我一般年纪,同样视死如归。我们登机时相互点头打过招呼，我望向他，机舱外高速流动的空气尖啸着刮过倾斜的机翼，头顶的行李架不约而同地弹开，外套、包、瓶子、一盒盒香烟一股脑倾倒下来，砸向乘客和空无一人的过道。他也在微笑，并以轻柔、清晰的声音在说话，尽管有周围人群的歇斯底里，我轻易便听到他在说，你知道，不会感到痛苦的。如果我们坠落，我们会脱水。脱水。他的眼睛再次从我身上移开，然后伸出右臂，去安慰身边的一个人。那人坐在窗边我看不见的位置。

我感到十分平静，期待自己雾化成水蒸汽，释放到空气中。飞行员救起了生病的大鸟，伴随着一声恐怖的哐当，飞机终于成功降落。不管之前涡轮发动机出了什么故障，它竟及时恢复了运转。突然的下降让一些人耳膜破裂，硬着陆又让一些人的肋骨折断，还有四处飞舞的免税物品造成某些人身体挫伤。零星的几个暮年老者需要手扶物来支撑，还因为受到惊吓需要氧气瓶。护理人员在堆积杂物的过道里择路而行，检查并照顾伤员，然后才允许乘客在浸满汗水的坐椅上稍事活动。消防车和救护车纷纷集结，在我们身下缓缓绕着圈，因为数量过于饱和而显得沮丧，一个个都像是被取消了比赛的拳击手，在空荡荡的拳台上做着出拳练习。那个男人没再对我说什么，但在我们撤离之前，他以一种我看不透的表情望向我。他拥有一双我平生所见最蓝的眼睛。

机长恪尽职守地站在靠近出口台阶顶部的隔板旁，面容窘迫。他看起来过于年轻，无法胜任任何指挥工作，更别提为一飞机乘客的生命保驾护航。下飞机前，女人们纷纷拥抱他，她们喜极而泣，一颗悬着的心放下后，兴奋与难受并存。面色苍白的男人们双手捧起他的一只手，他站得笔直，脸上挂着笑容，既感到过意不去，又十分尴尬。他的左右两侧站着一对头发蓬乱的美人。我回头，并没有看到跟我说话的那个男人。我不知道他是否是我幻想出来的。至今我都在好奇。我走出机舱，经过机长旁边时，一点也没向他表达感谢。那天，人们感觉自己欺骗了死神。但对我来说，事情截然相反。

噢，我的上帝啊，我诚心为冒犯了您而感到抱歉，我憎恶自己犯下的一切罪过，因为我既畏惧失去天堂，又害怕地狱的痛苦折磨，但最大的原因在于它们冒犯了您，我的上帝，您一切都好，配得上我全部的爱。

湖中岛

从阿什顿路的别墅区到斯托尼山山脚下,步行距离并不远,只需沿着他住所外的车道走到拐角处,急转弯后顺着房屋的背后继续前进,然后穿过艾德·福伊尔家后面那个粗糙的豁口。除了下大雨,德克西几乎每天都走这么一趟。薄雾天相当怡人,不过雾气再浓一点,他就会待在室内,或者去外面的棚屋。接近拐角处时,他总是放慢脚步,眯起眼顺着房屋背后的步道方向看去,瞧瞧艾德·福伊尔是否在自家后门晃悠,怔怔地望向山丘和过往行人。他每天都在那里折磨那些想出来安安静静健身的人,逼着他们觉得自己必须对这个浑蛋问好,必须跟他谈谈天气。舒适的天气，相当舒适，棒极了，行了，走吧你。他们相处得并不融洽，因为德克西有一天晚上在西塞·布莱恩酒吧跟他打招呼时有点过火。当艾德拉开门，将脑袋探进来时，他说，哈哈，上帝呐，瞧瞧这是谁，是老变态来了。艾德·福伊德，艾德·福伊德，艾德·福伊德是个恋童癖。他当即意识到自己做得过火了。这个段子是他在念到第二声艾德·福伊德时冒出来的。刚叫了两声艾德·福伊德，他就头脑风暴出一系列押韵的备选，然后灵光乍现。有时候你会为拥有一个闪电般运转的大脑和与之匹配的嘴巴而感到抱歉。总之，说出的话覆水难收。向吧台走去的艾德僵在了半途，他的脸色苍白，眼睛暴突。那晚客人爆满却很安静，既没有比赛可看，也没有可以争论一番的事情，每一个浑蛋都在等着他和往常那样说点什么，或者从哪儿挖掘出一个奇谈怪事。可怜的艾德受到了众人的关注，整个酒馆都在偷摸嘲讽他，却没有放任自己大笑出声。但米基·布里亚斯可不在乎，他照样大声爆笑，心知火苗已经点燃，他可以一再煽风点火。艾德对此愤懑不平。梁子已经结下。德克西不得不举双手表示投降，然后伸出一只求和，解释说这不过是一时兴起的口不择言。但艾德整晚都闷闷不乐,并告诉德克西和其他所有人,故事都是这么传出去的,名声也是这么被败坏的。浑蛋们都是一时兴起逞口舌之快,他说**一时兴起**时顺便模仿了德克西的口气,仿佛是一个风趣的人。为了作个了结,德克西说,艾德,你真的要死揪着不放吗?他将嗓音调整得恰到好处,那是一种干巴巴的低沉声音,就是在告诉艾德适可而止,否则会收获一顿毒打。第二天,他将四袋煤块放到艾德的家门口,想着顺手安抚他。艾德那晚在西塞酒吧大度地感谢他。他俩喝了一小杯。然而,因为那通胡诌的话,有些东西还是残存不去:某种冷漠的态度,一言不合就争吵不休,迟迟难现的欢笑场面。反正这也是那个老浑蛋自己的错,他从未步入婚礼,就大伙儿所知,也没跟谁勾搭过,一个人独居,把时间都用来观察窗外在草地上踢球的孩子们。不过他不在那儿,于是德克西匆匆走过。你永远不知道他什么时候会冒出来,就像玩偶匣里蹦出的长脖子恐怖小丑。

地方议会承诺将一劳永逸地扩大豁口,并为穿过灌木丛和荆棘地直达山丘公共区域的一段人为走出的小道铺路。每个人来到山丘后,都可以自由自在地漫游。免门票。他每次钻过豁口都会吐口水。这些人站在了同一条战线：镇上坐办公室的大老爷们，那群过去坐拥过半土地及其中山区的新教徒的残余血脉，山区另一端不希望乌合之众在山区和下方山谷里漫游，穿越他们精致的乡野农庄的装模作样的卵子们。正如拔出萝卜带出泥。竞选时期，赫比·格罗根关注了一下。他说，噢，没错，没错，我明白你的意思。多么便利的设施。肯定会再增添一段步行道，让它得到充分利用。不过，离你家这么近，不是挺方便吗？这难道不是一个了不起的计划吗？那个无耻浑蛋就差说连这座山都是他们这些人放在那儿的，通过设想、提议、投票，然后从地里拖回一块块石头，为闲人懒汉们造出优美的景观，供他们在自家偏狭小屋的窗前由衷称赞。他仿佛在说，是我们给了你一间房子、一座山。现在还不快快闭上你的臭嘴，给我在星期五周报上我的名字旁边打个钩？你的漂亮脸蛋很配一段精致的步道。

　　松软的云朵散去，露出蔚蓝的天空。降下的点点积雪结成一层薄冰，离日光消退还有好几个小时，当然，山的远端光线尚且充足，那里坐落着那些大宅子，还有更远处更加低沉的西边地平线。步行道质量上佳，照常带给他们方便与特权。通往山里的蛇形小道上没有一点儿水渍，降下的雨都被泥煤地吸收了，雨水也可能落进了暗渠，汇入溪流中，然后流入戴德河，河水穿过沼泽湿地，最终进入湖中。他喜欢靠在山顶的石冢堆眺望湖中一串小岛，留在此地的古老石堆是用来纪念某个浑蛋，或者标记他的坟冢的，也可能只是为了对这座山宣示主权。他不确定是哪种情况，也根本不在意。附近许多满嘴闲言碎语的人肯定知道这堆石头的底细，如果有机会跟他就此畅聊一番，他们将满心欢喜。不过他才不允许自己遭受这种折磨。他得承认，石冢的扁石片垒放地很漂亮。无论是哪位古代石匠完成的，他的品位都算不错。它们在没有灰泥黏合的情况下，历经了不知几百年，仍旧屹立不倒。天空之下别无他物，只有风雨的侵袭。

　　他还没从早餐时的沮丧中走出来。男孩冲他大吼大叫，双手锤打桌面。他的女儿在餐桌上跟他讨论这件事。好像是他的错似的，那个男孩这些日子总像小狗一样追着这个或那个事儿。不是这事办砸了，就是那事露陷了，可是这些事儿他没有一件能够阻止或者帮得上忙。上帝知道，他已经尽心尽力了。他要怎么谨小慎微才能不挑起男孩的怒火？他是不是应该预先了解一下男孩今天吹什么风，也好让他进行相应的自我调节？他是不是在自家的房子里，在自己的家庭内部，也要别扭地做人，以便适应他孙子的脾性？按理说，孙子应该为自己所获得和享有的一切，向他每日道一句谢谢。他从没有哪一次索要过回报，怎么就连起码的尊重都没有？真是来要债的。就是来要债的。男孩一溜烟跑没影了，破门而出时将大门摔得噼啪响。他昨晚听来的故事还没来得及讲，只能跟女儿说了，但她对此不太感冒，向来只有最有趣的部分才能让她眼前一亮，余下的都是被她批判的对象，将其中的笑料贬得一钱不值，由此毁掉整个故事。他之所以讲给她听，只是为了练习讲述，因为，平心而论，他希望带给那个男孩一个很棒的故事。他将故事从西塞·布莱恩酒吧、镇上的半桶酒吧或下方卡尼的欢乐汇酒吧带回家，其中不乏令他感到其乐无穷的若干。眼下他觉得这么自娱自乐蠢透了，自从今早醒来后，他就沉浸于昨晚在西塞·布莱恩酒吧成功挤对了休伊·菲茨的幼稚欢喜中。每个人都告诉休伊，他穿着布丽奇特买来给他庆生的新外套是多么体面，每一个浑球都告诉他，他们不信他已年过六旬，还宣称他们猜他不会超过五十岁,多一天都不对。当德克西表面上也加入附和的行列,并将他与乔治·克鲁尼相提并论时,休伊的脸上容光焕发,但他随即改口,说他指的是米基·鲁尼,一阵阵紫红顺着休伊的脖子往上爬。波吉在吧台后笑得不能自持,差点背过气,不得不停下手里的工作,足足缓了一分钟。岛领社区来的硬茬们最近正在拉卡纳维亚为新的铁路桥固定钢条,他们把屁股都笑裂了。确实,他的时机把握得相当完美,偏差在毫秒之内,不是每个人都可以及时出击,将人损得一针见血。等那孩子心情好转,他会再尝试去讲。

人们可以从故事中赢得荣誉。一些故事被讲出来,更多的是为了提高声誉,而非逗人发笑。正如母亲讲述她被从那个地主家的厨房解雇的那一次。地主拥有的土地从他家下方的缓坡一直延伸到那个湖,合计一千英亩,还附带一公里的湖畔滩地。按理说,这块地是共有的,无法被哪个人独占。她没有用他的正式头衔称呼他,他本是一个勋爵,其头衔是从英格兰的萨塞克斯,或埃塞克斯,或威塞克斯,或其他类似地方的一个膝下无子的舅舅那儿继承来的。有一天,她为他端来茶水,故事里提到他说"叫我勋爵"还是别的什么。她回答,我拒绝,先生。我只有一个主[1],他正从天堂俯察尘世。我绝不会滥用他的名号,也不会将其用在别人身上。老曼福德说,那就滚蛋,从这儿消失,别再回来。那是四十年代的事。那时候的人们依然习惯于卑躬屈膝、节衣缩食的生活,但一般来说,整个国家都不再受此约束。曼福德家的那个男主人雇了几十个男用人,每周六下午才发工资,因此在整个星期的工作干完之前人人都不敢松懈,即使地里或屋里根本没什么活,他们也要蓄势而待。那些想要去店铺为第二天买食材的女人们也要随时候命,整个教区都为了讨好他们的领主被迫等待,等待他们的领主敞开钱袋。那天,他母亲放弃了工作,走陡峭的山路回家,回到她格伦克鲁的同胞中。如今曼福德的宅子成了一个空壳,四层楼房尚存,但屋顶和地板都已坍圮。他们私人小教堂的尖顶就躺在它倒塌的位置,包裹在苔藓和鸟屎之中。

那个男孩有时夜不归宿。那些夜晚德克西无法入眠。他会从床上坐起身,将收音机声音开得很低,或者阅读自己的书。有时候,书页上的文字会跳起舞来,他

---

[1] 这里勋爵的头衔 Lord 与称呼上帝的 Lord 是同一个词。

稳定自己的情绪，放慢呼吸节奏，幻想体内升起的恐慌仿佛一扇上锁的门之外暴涨的水位，继而脑海中出现一个画面，上锁之门的阀门转动起来，他幻想着水流通过闸门，先是向下倾泄，随后两侧的水面逐渐持平。这是他自创的小窍门。机智的浑球们对这种狗屎疗法要价不菲。有些夜晚，那个男孩会喝得醉醺醺在凌晨抵家，身上的衣衫破破烂烂。他拖着沉重的步子在厨房里弄点吐司或别的什么吃。他归家的声音仿佛一种福音。他会叫一声，嗨，外公。如果他冒险下楼去看一眼，会有那么一两次他发现自己身着睡衣、拖鞋和便袍站在楼梯底部，就那么傻站着，透过半开半掩的门望向厨房内部，用一副看摇篮中的婴孩才会有的表情，看他的孙子坐在餐桌边啃面包，全然一个屈服于母性的温柔男人。他发现自己对他充满怜爱，瞧他那健壮的下巴，浓密的头发，大小适中的双手。他发现自己不禁向上帝表达着感谢，感谢将他从冰冷的夜里送回家。

他从不曾用语言表达他的爱。他渴望像过去那样拥抱男孩，将男孩叠起来抱着，紧紧贴近自己的身体，轻唤着，我的宝贝，我的宝贝。每一天，这种愚不可及的感觉愈发会将他吞噬，宛如平静水面下的暗涌，致命的潜流能将他拖入万劫不复的地狱。女儿带着爆炸性新闻找上门的那一天，他的表现令自己都大吃一惊。感谢上帝，没让你妈妈看到这一天，他说。看着女儿的蓝眼睛中溢满泪水，他径直从房间这头走过去，在几乎走到她所伫立的扇形窗台之前，都不知道自己是想揍她还是拥抱她，或者只是垂着两臂站在她身边，看她的脸被熹微的阳光点亮，一颗泪珠骄傲地挂在颧骨上。他伸手抹去她脸上的泪珠，她抓起他的手贴上自己的脸，然后吻着这只手，说道，噢，爸爸，这世界真可怕。直到今天，他都没有问她，只不过故事的碎片逐个显露，在她只言片语的基础之上，他又加上了自己的揣测。他们相处得十分融洽，他们知道彼此需要知道的一切，其他事就任由其留在原地，无论是在城里，在大洋彼岸的英格兰，还是深藏在他的地狱中与魔鬼并肩而立。

他登顶山丘抵达石冢的时候，西边的天空越变越红，冷淡的太阳触摸着地平线。太阳回到了起跑线上。他回看社区，房屋排成 8 字形，中间围着两片绿草地，坐落在山丘投下的阴影里，难以分辨。他顺着阿什顿路朝村庄、镇子和遥远的城市望去，望向远方加尔蒂山脉优雅的山峰。他觉得肺部仿佛在燃烧，腿部的肌肉疼痛，嘴里一股苦涩、浓郁的金属味。他吐了口唾沫，拿登山杖在石冢的顶部敲了一下，两下，三下，这是出于延续习惯和长久以来的做法，也是由于近年来心灵中滋长出强烈的迷信以及异常的恐惧。他从结霜的阳面下山，走向带他绕山回家的路。

透过拉上窗帘的前窗，他分辨出有两个人坐在餐桌前，便以为那男孩早早回了家，因此怀着雀跃的心情伸手去打开前门：男孩会在厨房里喝茶，吃一点他母亲为他准备的晚餐；比早先时候心情好得多，也略微感到不好意思；他会乐于倾听酒吧里的段子和挫了休伊·菲茨锐气的故事。意识到桌边人并非兰佩时，他的心往下一沉。那是他女儿来自医院的朋友，一个棕色皮肤、深色头发的小伙子，曾经出乎他的意料来拜访过一次，坐那里默默看着他的女儿，她也坐在那里与他对视。他受不了看他们那个样子，只要那个人过来，他就出门去他的棚屋待着，或是上山，或是沿着那条路走去西塞酒吧。弗洛伦斯说，他有着悲惨的过去，如今在本地执业，是一个代班医生。老爷子不知道那是什么，也没去过问。每个外国人身上都有故事，或者说，一曲悲歌，他们被人们戴着有色眼镜看待，甚至更绝——完全不被接受。

如果弗洛伦斯嫁了一个外国男人,他不知道这件事会在西塞酒吧引发怎样的反应,毕竟他在那里听过那些揶揄的话,他自己都讲过不少,加上这些年来他还说过要将他们拒之门外,爱尔兰人的工作机会都不够了,更没有空间给这帮疯子。他心想,滚他们的蛋,亲口对他们说出这句话都仿佛是件乐事。叫得最响亮的人终其一生往往是行动的矮子。他放慢动作,减轻关门的嘎吱声响,然后贴着花园小路右侧的草坪走,以免他们发现他折回了棚屋。他插上汀普莱斯暖气机的插头,将自己安置在那张旧扶手椅里,抽了一两支烟,读了读这周攒下的一叠报纸。随他们去吧,就留他们痴情对望吧。

从自己所坐的厨房餐桌旁的椅子上,弗洛伦斯看到她父亲站在门口。她盼着他直接去棚屋。法鲁克今天比过去任何一次都健谈。她感觉他有话要说,关于他的妻子,或女儿,或他遥远的家乡,关于他身上发生的故事,关于他饱受摧残的心。她同医院里的每个人一样,在他作为代班医生在那里工作的第一天,就对他的故事谙熟于心:人力资源部的弗雷达·威利在当天早上的午休之前,已经在病房和走道里将他的资料和个人生活四处散播。弗洛伦斯不得不为他分配停车场地,印制工牌和准入证。她在自己狭小的办公室里穿工牌的系带时,他就坐在她的对面。她看向他,发现他似乎正对着她微笑,于是也报以微笑。她告诉他,有什么需要随时叫她,无论是停车的问题,还是电子邮件、职位之类的问题。她从资料上知道他四十四岁,但看上去更年轻。他行走的步态带着孩子气,四肢散漫地耷拉着,不过他修短的鬓角已经染上灰白,他的眼睛是深色的,眼窝很深。

她时而感到好奇,为什么自己迫切希望这个男人开口对她说话。为什么他将自己的事一五一十地告诉她会那么重要,而她却紧守自己的秘密。总是由他来说,她只负责听,同时端详着他的眼睛。有时他的话只会让她一知半解。他说,他将现实踩在脚下。一根针头可以容纳整个宇宙。你知道吗,基本粒子没有内部结构?她摇着头说不,她过去不知道这些。听后他笑了,低声的浅笑,很容易会化为一声呜咽,但却从未真的破笑为涕。她感觉他有很久没有哭过了,大概有好些年,他在真相面前将自己武装起来,他的武器是理论,解释,不断说服自己什么也没有发生。他允许自己丧失理智。他说,将现实踩在脚下,将其碾为齑粉,是一件容易的事。如果一个基本粒子没有内部结构抑或外部壳层,那它只能是虚无。因此,我们起源于虚无,宇宙亦是如此,还有以下这些——他的手扫向天花板,扫向她,最后指向自己——尽是虚无。有可能,一切皆为梦境。但不是我们在发梦,我们是梦中人。他又笑了,她却不知怎么接话。你知道吗,昨天有男孩子在大街上骂我。他们说,丑八怪,滚回家去,丑八怪。他们说,滚回家肏你妈,滚回家肏你妈。你能想象自己说出这种话吗?你能想象他们的脑子里在想什么吗?我能想到的反应就是哈哈大笑。否则还能怎么办?这时她觉得自己应该以某种方式安抚他,嘘声抚慰他,抚摸他的脸颊和头发,以耳语般的呢喃催他入眠。她想象自己躺在他的身畔,肌肤相亲。她对自己大吃一惊,一股猛然升起的强烈欲望居然让她产生了毛刺刺的感觉。

  他的第二个代班周期刚过去一周,尚未开始查房的某一天,来到她的办公室,用一种轻快的调情式的口吻,问她周末是否愿意同他一起驾车出游,去海边。他的声音如此之低,她只能勉强听清。她太过震惊,呆住了许久才知道作答,这时他已经转身走向门口了。她说,好的,没问题,那挺好的。他冲她微笑着说,棒极了。接着又说,只要条件允许,我都会驾车去海边。在那里，时常会觉得孤独至极。

他开一辆旧奔驰来接她，收音机不断以最大的音量自动开机，把他们吓得不轻。每次他们都报以大笑，去往拉欣奇的一小时车程，笑声和收音机的间歇性发作此起彼伏。她已经有二十年没在这片沙滩上漫步，上次同她一起沿沙滩散步的男人也相当英俊，身上充满谜团，他曾拉着她躺倒在沙子上，与她热烈拥吻。她知道，法鲁克绝不会这么做。不过当他们并排站在潮汐线，远眺波涛汹涌的大海时，他摸索着去握她的手。透过他的掌心，她感触到他咚咚的心跳。

自那以后，他们时常驾车出游。就算他被分派到其他地方，像是利默里克、巴利纳斯洛或是恩尼斯，他都会给她发短信。信息简短，不带标点。**你星期天下午三点愿意一起开车兜兜风吗**，她回复，**好的**。他总会提前几分钟到。外公老是哼地嗤之以鼻，冲着窗帘外咕哝几句，问他为什么不进屋。她说，也许他觉得自己不受欢迎，爸爸。他假装受到了冒犯，说道，全能的上帝啊，我能怎么办？给每个浑蛋铺一张红地毯？她说，在法鲁克老家的文化里，好客是必须的，即使是你的敌人，也会在你家受到热情招待。他说，好客必须个屁，自从他们把飞机撞向摩天大楼，砍下每一个念错祷词的龟孙子的脑袋后，这事门都没有。她说，**爸爸**！她摇着头，却对他的真实意图，他真正惧怕的东西心知肚明。这是因为她了解她父亲的本质，他拥有一颗温暖又容易受伤的心。

她的日子一成不变。早早醒来，倾听鸟儿的晨鸣。在头脑里罗列任务清单。决定穿什么衣服搭什么鞋，佩戴什么项链和耳饰。是否需要在去医院的路上停下加油，或者要不要在回家途中去取信。考虑给爸爸做什么吃，给劳伦斯准备什么茶点。她自己午餐又吃点什么好。雨会不会停歇，以便她能在午餐时间去散步，穿过萨斯菲尔德桥，沿着码头向下，经过法院，然后回到托蒙德桥，向上转整整一个圈回医院的后门。弗雷达·威利又愿不愿陪她一起散步，一路上不停地八卦，聊那些有来有往的对话，谁叫众人大吃一惊，或对谁又说了什么。她嘴里嗯嗯回应，点头，大笑，抓准时机假装被恶心到。弗雷达喜欢讲话，她在她们一齐散步的时间里几乎很少换气，尽可能地不断说话，不允许任何留白。这样便没有间歇和沉默的空间让弗洛伦斯想到从哈维尔的鼻腔、嘴角和眉毛上方的伤口里涓涓淌下的鲜血，青肿的双眼，软塌塌的身体别扭地堆在角落里。人们居高临下地看着他，其中一个说，我干，他是死了吗？那个用手臂钳住她脖子的男人在她耳边低声陈述他打算对她做的每一件事，硬邦邦的下体顶在她的后背。她试图挣脱，他却在狂笑。医护人员跪下来查看，摇着头。报纸将其称为一起悲剧，本是一宗入室抢劫，怎料场面失控。警察给她录口供时，从其双眼看出她在撒谎，事情没有这么简单，但却告诉她，她可以离开了，回她父亲的家，在那儿长住下来，诞下她的宝贝，然后继续留在父亲的房子里，去上文秘课程，在一个安全的地方找一份安全的工作，紧闭嘴巴，封闭心灵。每次闭上眼时，她都希望再次睁开时一切都是一场梦。

科因太太心情很好。年轻又英俊的治疗师跟她复述着与上次就诊时一模一样的指示。首先，在床上坐直，然后伸展两条腿，坐到床边来，接着就从脚趾头开始。动动趾头。动动趾头。接着抬起她的脚后跟，将她的脚掌往下压，慢慢数到十，或者直到她感觉热流涌到小腿肚。之后，将她的脚后跟抵到地板上，施加向下的压力来拉伸腿前部的肌肉。再次慢慢数到十。以同样的方式，沿着身体向上，换两臂和颈部继续，直到你的血液温暖，活络起来，全身肌肉都准备好应付一天的工作。等你确定自己不会摔倒，再站起身。她好奇他是不是忘了,还是说他假设她已经忘了。无论哪种情况,她都不在乎。他身上有一种怡人的香气。他跪在她面前的地板上,而她坐在一张硬质扶手椅上,一只被他抬起做治疗的脚搁在带衬垫的矮凳上。咨询室里除了他们,没有第二个人,通向走廊的门此刻也关上了。她尽量向前倾身,但手牢牢把住扶手支撑自己,以防摔落到他身上。你能想象吗?一个比他年长六十岁的女人压在他身上。他会摇晃,不稳。她靠得如此之近,可以闻到他头发的气味。他有一头可爱的秀发,淡金的发色,发量浓密,略微有些蓬乱,似乎是无暇打理。他可能真没时间。这种地方总是特别缺人手。如今想遇上一位头发梳得一丝不苟的治疗师,你需要去私营店。她正准备吸一口他身上的馥郁香气,他抬眼看向她,微微一笑。他的蓝眼睛闪烁着友善的光芒,咧开的嘴里是一口洁白的牙齿。他带着一种有趣的外国口音,肯定不是来自澳大利亚,也绝不是美国,英国同样完全排除在外,虽说听起来极有教养。通过他的名字,你也无法简单匹配上一个国家。她闭上眼,搜索起这个地方,它就在那儿,就在她的大脑表层,却与她玩起捉迷藏,每当她靠近就翩然躲开。大卫。大卫。这是他的名字。她一向钟爱的一个名字。

它的意思是亲爱的。沃斯特是他的姓氏。沃斯特。她灵光一闪，他来自南非。这个国名的发音总是让她想到超级市场的结账台以及水果、尖木桩。她不能清晰回想起为什么会有这样的联想。跟许多年前的某件事，某个新闻报道里的事件有关。

她对澳大利亚口音很熟悉。这是为何她不用问就能轻易排除治疗师是澳大利亚人的原因。孙辈们来拜访过她几次。他们说自己在徒步环游世界。她搞不懂这是如何办到的。有个男孩两三年前来过，好像借宿了两个多星期。那是一个高挑的好小伙。有一晚他上镇上去，直到朝阳东升才回家。他抵家时，她在厨房的靠椅里睡着了。她一直在等他，因为害怕他发生了什么意外。她在厨房里狠狠地教育了他。他说，冷静点，奶奶，冷静点。不管他是个多么机灵的小子，此刻看起来都局促不安，他告诉她自己很抱歉，他没有意识到她这么担忧。他说他护送一个少女回家，她住在镇外的穷乡僻壤。这就是他用来指代乡村的词语，听到这词，她不得不收敛自己想要大笑的冲动，这样他才不会发现她其实没有表现出那么气恼，而是见他回来后全身心地放松了。他回家路上有些找不着道。她说，上帝祝福我们，是哪个少女？他笑话她，她也笑话自己。自他稍作解释，并承诺以后不会在镇子周边跟异性晃荡到那么晚以后，他们就变得亲密无间。他给她展示自己称作平板的电脑，以及上面的一个玩意，可以帮你浏览别人的照片。他给她展示形形色色的人、孩子、小婴儿，均与她沾着亲带着故，只不过她花一百万年也无法在脑子里厘清他们的关系。他滑到一张照片，上面是一个身材滚圆的秃头大块头，身穿颜色鲜艳的短裤，手里抓着一条鱼，将它举到身侧，鱼的身长几乎及得上他的身高。他说，祖父在乌拉乌拉还是其他有着滑稽名字的地方捉到这条鱼。她推测那是一条河。她震惊地意识到照片里的老人是她的儿子，而面前这个即将成年的高个男孩根本不是她的孙辈，而是重孙！

还是这个小伙子，在接下来的圣诞节给她寄来一个包裹，里面装着一个盒子，盒子前面有个被咬了一口的苹果标。盒子里有一台机器，与他给她展示照片的那东西一模一样。还附有一张卡片，正面画着一只戴着圣诞帽的小猫咪，里面写着：保持联系，祖祖。爱你的马克。她对这个祖祖感到困惑，研究很久后终于找到了答案：这是祖奶奶的意思。她哈哈大笑，她熟悉他的声音,深沉却不粗糙。她可以在大脑里听到他说这句话的声音。她将贺卡贴近嘴唇,而后贴在胸口,足足有一分钟之久,眼中充溢着泪水。她对自己大吃一惊,居然如此愚蠢地对一个自己几乎一无所知的男孩产生感情。他不过是不打一声招呼地飘然而至,吃得她揭不开锅,住了两周后又飘然而去,从此再也没见过。她隔壁的邻居帮她设置。他说她可以蹭他的宽带:他有一个加速器,他会将密码给她。他不用出一分钱,因为他的妻子眼睛[1]是工作用的,下载流量不限。她一点儿也弄不明白他是什么意思,更别提怎么会牵扯到他妻子的眼睛,他的公司为什么还必须为此付费。或许她即将给眼睛动手术吧,不过她似乎还不至于到患白内障的年纪。他令人困惑的善言善语都是为了帮助她能够上网,他还向她展示点击什么、输入什么,才能看到她儿子莫里斯、他的澳大利亚妻子以及他们的子女与孙辈的照片。他们各自都有各自的地方,邻居称其为页面,上面满是他们自己的照片和记录的点点滴滴。还有笑话,其中一些有趣极了,有些十分粗俗,但仍有趣。有些日子里,几小时的

---

[1] 原文 wife eye,发音与 Wi-Fi 一样,这里是科因太太的误解。

光阴匆匆流逝,甚至整个白天和下午也转瞬即逝,她会猛地意识到一天过去了,她还什么都没做,整个人从头到脚都因长时间坐着观看屏幕而变得僵硬,眼睛也因为屏幕的光线感到酸胀。

那个南非小伙现在站了起来,一只手抚在她的手臂上,告诉她,他们要移到床上去,在他治疗她的腿部时,她可以躺下。他帮她站起来,从椅子边走到床边,虽然她知道,她独自走过去绝没有一点儿问题,不过他抚着她手臂的手是那么坚定及温柔,他低沉的嗓音有一种抚慰人心的力量。他似乎不会弄出刺耳的动静,他的一切行为举止满是温柔。这张床上有一块窄垫,上面固定着一条白得发亮的床单,四周对得整整齐齐。她闭上眼睛,感受他轻轻揉搓,按压她的肌肉,舒缓她僵硬的关节。她想象自己坐起身,抓住他的衣领,将他拉向自己。感受他亲吻她的唇,感受他压住她的身体。这么一想,加上想到他如果知道她脑海里的幻想又会有什么想法,突然之间笑出声来。他说,抱歉,科因太太,我弄痒你了吗?他说**你**的方式相当可爱,轻快地拖长调子。他微笑时滑稽地歪着嘴角,蓝眼睛里闪过一道光。一瞬间她十分确信他知道,他完全知道她老迈的脑袋里正在演一出什么戏。

她已经习惯时不时往谷歌里输一些东西。有天她打了天堂，于是看到天使、十字架、云朵和从蓝天射下一道道光柱的照片。这么说，它就在上面，跟她想的一样。另一天，她输入死后会发生什么。网上说，你会归于尘土。它还说，你死亡的瞬间身体的每一块肌肉都会松弛。网上还说了一大堆别的事，不过她不忍心去听那些声音，她注意到人们经常在网上相互谩骂。如果你仔细看人们的讨论，就会发现这一事实，而且几乎每段文字下面都少不了一番讨论。她的邻居说，要知道，你可以给他们发送添加好友邀请，这样你的孙子孙女和其他所有人他们就知道你在网上。你还能跟他们聊天，登录以后，会给你自动推送他们的一系列照片和文字。哎呀，那是他们最讨厌的事，她说，知道有那么一个老家伙从世界另一端盯着他们。一天，她失手将平板电脑摔到了地上，屏幕粉碎。她从未将它拿去修复。她不确定它是不是依然躺在她装东西的盒子里，与其他盒子一起整齐堆在那里，也就是屋子里她的房间里的那个抽屉旁边。也许她应该将它挖出来，请尚利家那个男孩将它带去什么地方修复，这样她就能最后看他们所有人——所有血管里流淌着她的血液的陌生人一眼。

现在南非男孩完成了工作。她感觉异常放松，只想躺下睡一觉，让他陪在身边一直说话。也许，他会握一会儿她的手。不过看护人员此时都在门外等候。男孩走了，其中一名看护将她用轮椅推走，另一个在轮椅旁边走动，手里抱着她的助行架。她不禁想告诉他们，只要他们将拐杖还给她，她自己就能很好地应付：她不需要助行架，更不需要坐轮椅出去搭乘迷你巴士。也许他们可以扶她一把，台阶真的很高，但她猜测给腿脚不方便的病人用轮椅是这里的做法，因为害怕他们会跌倒弄伤自己。又或许，他们在赶时间。大家总是在赶时间。她母亲说过，我在小道上走得飞快，结果遇上往回走的自己。她每次想到这儿都会被逗笑。现在她就被这段记忆逗笑了。其中一个看护低头看她，笑着问，你还好吗，亲爱的？

尚利家的男孩正等在那里。他将巴士停在了理疗中心的大门口，并且已经从游泳馆接回了两个人。她听到他们中的一个在发牢骚，真是他的一贯作风。她决定回程路上好好批评他一顿，让他别再这么引人注目。不过她不准备对他太严苛，因为你不知道别人这辈子经历了怎样的苦难。尚利家的男孩伸出手来握住她的手,帮她爬上巴士侧面的台阶,这么做时,他一直在对她微笑。但这个男孩身上总带着浓浓的伤感,她隐约记得他母亲的事,他出生之前他母亲遭遇的一件祸事。但在她记忆中,那个故事跟其他上千件事混淆在了一起。她时不时会在活动室一边做针线活,一边观察他。见他因她偶尔说的一些话——她对着周围耳背的昏聩老朽们说的俏皮话——笑得满脸堆褶时,她就会觉得兴奋,真是一种温暖又愚蠢的感觉。她情不自禁想说,别担心,亲爱的,不要把时间浪费在担忧上。你坐在这里不过是虚度光阴,我看到的是一个跟你相似的男孩,奇怪你怎么一瞬间老了这么多,时间都去哪儿了?他令她想到自己的儿子,他也总是忧心忡忡,从不能安定下来,跟自己的父亲也处不来,扬言要动手,最后莫里斯又是如何出于意气用事远走澳大利亚,而他的父亲一等再等,等他回家,结果伤透了心。他却再也没有回来。

现在她对兰佩·尚利说,我们必须去米尔福德还是直接回家?这个尚利家的男孩疑惑不解地看着她说,我们为什么要去米尔福德?她说,你不是要将坐轮椅的那人在米尔福德放下吗?就是另一辆巴士里最后排的那个男人。你肯定也得接走他不是?她眼见男孩变得面无血色,双手从两侧捂紧头部。她听到他说,噢,耶稣,噢,耶稣,耶稣基督啊。

兰佩·尚利的外公正端坐在自己的棚屋里,寒意渐浓,汀普莱斯暖气机正在全功率运行。他一口将烟抽到底,视线停留在三版女郎[1]的婀娜曲线上。他母亲坐在厨房餐桌边,右手轻轻叠在好友法鲁克的左手上。法鲁克讲话时,目光低垂,他在给她讲一个被国王捉拿后囚禁在高塔中的女孩的故事。兰佩此刻抓着科因太太干枯、温暖的手。空气依然冰冷刺骨,她说话时,水蒸气袅袅升起。她踩上液压升降梯后,伫立不动地目视着

---

[1] 《太阳报》每日第三版会刊登裸体女郎图片。

他。兰佩脑海中一段记忆复苏了,那是近期关于一段话的记忆,模糊的回响恢复了原形,变得栩栩如生。话是从一个蹲在地上精疲力竭的护士嘴里说出来的,那时候他正想着克洛伊还是埃莉诺,也可能在想是否要在今晚出门前撸一发。那是一段抨击詹姆斯·格罗根的话,关于他如何视人命为儿戏,拿他的声誉和他们所有人的生计去冒险,允许那个年轻男孩独自料理病人,那个轮椅里的男人需要护士陪伴,那段梯子要略施手段才能架好,巴士的正前方视线被隔板挡住了,他可能会窒息,还有,还有……

兰佩·尚利的外公的手机在贴着腿的荷包里嗡嗡作响，这极不寻常，他猛地向前一个趔趄，胸腔里的心脏狂乱地跳动。他扔掉烟蒂，胡乱摸索着接电话，却意外挂断了来电。好在他知道如何回拨，只需摁两下绿色键就好。他知道，是男孩打来的，因为每次给他打电话，屏幕上都会显示男孩的照片。那是一张盛装打扮的男孩手持北部青少年冠军杯的照片，这个男孩灿烂地笑着。他不知道这是如何办到的，男孩怎么能在每次来电时都让那张照片出现在手机的正面，这肯定是一件了不起的工作。有时他会在自己正坐着的位子上坐很久，只是盯着这张照片看,这难道不蠢到家了吗?因为那个男孩的真身刚刚穿过后门,进到屋子里的某个地方。男孩现在正对着他大声说着什么,关于康恩·凯莱赫家的院子,关于要去那边,快他妈过去,那里有个人被锁在新迷你巴士的车尾了,他并不知道那里有人,一个坐在轮椅里的男人,米基·布里亚斯也不知道,米基的手机关机了。快他妈过去。

兰佩·尚利的外公,兰佩·尚利的母亲以及她的朋友法鲁克都聚在一辆几乎崭新的奔驰后门处。康恩·凯莱赫正在开门,汽车后部和侧面的玻璃都贴了膜,隔板很高,因此康恩·凯莱赫没看见那个人。他怎么知道,妈的,真操蛋,耶稣啊,真是一团糟。现在车门打开了,车里有一架轮椅正对着他们,锁上轮子后安全停靠在高高的隔板边,上面空空如也。

轮椅旁有个男人跪倒在地,他身体前倾,头部耷拉下来,并将两只手放在旁边的坐椅上。在这个天寒地冻的日子,当巴士早先离开疗养院时,这里本该坐着一个护士或护工。他两只手交握着,看样子是在做祷告,在忏悔,在祈求原谅。弗洛伦斯没有认出这个男人。他曾两度中风。距离他俩同榻共卧已经过去了二十载。他的眼睛已经合上,脸上能看见的部分是白的,嘴唇是青的。他至少死了一个小时。

法鲁克·阿拉哈德在跪地男子面前愣了一下，然后将手指探向其锁骨上方脉搏最容易探测到的地方，因此他可以说此人确定无疑过世了，他可以在报告中给出死亡时间，也可以给出他检查过男人的生命信号的确实证据，即便这是再明显不过的事，这人已经冻僵了，不可能一息尚存。有那么一刻，他嫉妒死者走得安详。当温度降至某个临界点以下，大脑对寒冷的体验会发生反转，身体将感到温暖，随着能量流逝，附带着一种奇异的舒适感。这也是为什么人们会死在雪地里。然后他感觉一只手被放入自己的手掌中，这只手暖融融的，透过她的掌心，他感觉到她沉重的心跳。

兰佩·尚利把大巴车停在康恩·凯莱赫家院子的大门前。柯林斯先生说，年轻人，我跟你一起去。兰佩说，不用，你留在这儿。科因太太伸手拉住柯林斯先生的胳膊，轻轻将他拉回座位上，说道，由他去吧，汤姆，你跟他去只会添乱。兰佩看见康恩·凯莱赫站在一百码开外的大路上，弯腰将头探入一辆警车的车窗。康恩瞧见他了，抬手向他致意。

兰佩找到他的外公，他的母亲和母亲单位他的一个朋友也在。他记不起这个同事的名字，那是一个开破奔驰的外国人。他还看到母亲跟外国人手牵手。他为母亲感到高兴，并想到训练时会被如何揶揄，接着他记起来自己不再打曲棍球了。救护车的医护人员已经抵达现场。现在所有人都定住不动，齐刷刷看向他。他这才知道那人已经死去，并看到尸体已经包裹好。空气凝滞不动，唯有伫立的人们呼出的白雾在飘散。骤然间，兰佩感觉到一股寒意浸入骨髓。他的双腿发软，几乎要站不稳。就在他瘫倒的瞬间,他的外公展开双臂抱住了他。外公的手臂强壮如故,他紧紧抱住外孙,嘴里念叨:我的宝贝,我的宝贝。

致谢

感谢:

阅读过我书的人。爱尔兰双日出版社、企鹅兰登爱尔兰以及英国环球出版社的布莱恩·兰根、约恩·麦克休、菲奥娜·墨菲、拉里·芬雷、比尔·司各特-科尔、海伦·爱德华兹、帕齐·埃尔文、苏菲·克里斯托弗、黑兹尔·奥姆及所有工作人员。小人国出版社的安东尼·法雷尔及所有工作人员。企鹅英国的凯瑟琳·考特、维多利亚·萨万、克里斯托弗·史密斯及所有工作人员。玛丽安·冈恩·奥康纳。利默里克大学的约瑟夫·奥康纳、汤姆·洛奇、克莱尔·瑞安、萨拉·摩尔·菲兹杰拉德、吉尔斯·

福登、朱利安·高夫、玛丽·奥莫利及我的同事、朋友和学生们。比利·基恩、阿兰·海耶斯和一路走来所有友善的支持者。加里·布朗、康纳·克雷明、布莱恩·特里西和被我忽略了的朋友们。埃塞尔·哈特内特,提供了搞笑的故事。让生活多姿多彩的贝蒂·希恩及所有姻亲、非姻亲、准堂表兄弟姐妹、堂兄弟姐妹、可能的堂兄弟姐妹们。我伟大的父母安妮·瑞安和唐尼·瑞安。玛丽、克里斯托弗、丹尼尔、林德赛、奥比尼及所有近亲远亲。托马斯和露西,我的生命之光。我的一生挚爱安妮·玛丽,是她成就了这本书以及我的所有作品。

图书在版编目（CIP）数据

来自静谧的浅海/(爱尔兰) 多纳尔·瑞安著；龚诗琦译. -- 上海：上海文艺出版社, 2022
(多纳尔·瑞安作品)
ISBN 978-7-5321-7988-6

Ⅰ.①来… Ⅱ.①多… ②龚… Ⅲ.①长篇小说－爱尔兰－现代 Ⅳ.①I562.45

中国版本图书馆CIP数据核字(2021)第204077号

Copyright © Donal Ryan, 2018

First published as From a Low and Quiet Sea by Transworld Publishers, a part of the Penguin Random House group of companies.

Through BIG APPLE AGENCY, INC., LABUAN, MALAYSIA.

Simplified Chinese edition copyright:

2022 by Shanghai Literature and Art Publishing House

All rights reserved.

著作权合同登记图字：09-2019-456号

本书出版获得Literature Ireland资助，特此鸣谢。

发 行 人：	毕　胜
责任编辑：	曹　晴
封面设计：	朱云雁
书　　名：	来自静谧的浅海
作　　者：	[爱尔兰] 多纳尔·瑞安
译　　者：	龚诗琦
出　　版：	上海世纪出版集团　上海文艺出版社
地　　址：	上海市闵行区号景路159弄A座2楼 201101
发　　行：	上海文艺出版社发行中心 上海市闵行区号景路159弄A座2楼206室 201101 www.ewen.co
印　　刷：	浙江中恒世纪印务有限公司
开　　本：	889×1194　1/32
印　　张：	7.5
插　　页：	5
字　　数：	87,000
印　　次：	2022年8月第1版　2022年8月第1次印刷
I S B N：	978-7-5321-7988-6/I.6333
定　　价：	59.00元

告读者：如发现本书有质量问题请与印刷厂质量科联系　T：0571-88855633